Élisabeth Gille est née en 1937. Seconde fille de la romancière Irène Némirovsky, placée sous la tutelle d'Albin Michel suite à la déportation de ses parents, elle grandit au cœur même de la vie littéraire, à laquelle elle consacrera toute son existence, en qualité de traductrice, d'éditrice et, plus tardivement, de romancière. Elle a publié trois ouvrages : *Le Mirador*, *Le Crabe sur la banquette arrière* et *Un paysage de cendres*. Dans ce dernier texte, Élisabeth Gille revient sur son enfance dévastée – le roman a été pressenti pour plusieurs prix littéraires, parmi lesquels le Goncourt, le Renaudot, le Médicis et le Femina ; il sera couronné en 1997 par le Grand Prix des lectrices de *Elle*. L'auteur est décédée en 1996.

DU MÊME AUTEUR

Le Mirador
Presses de la Renaissance, 1992

Le Crabe sur la banquette arrière
Mercure de France, 1994

Élisabeth Gille

UN PAYSAGE
DE CENDRES

ROMAN

Éditions du Seuil

TEXTE INTÉGRAL

ISBN 978-2-7578-2306-4
(ISBN 2-02-018910-0, 1ʳᵉ publication)
(ISBN 978-2-02-032638-4, 1ʳᵉ publication poche)

© Éditions du Seuil, 1996

Le Code de la propriété intellectuelle interdit les copies ou reproductions destinées à une utilisation collective. Toute représentation ou reproduction intégrale ou partielle faite par quelque procédé que ce soit, sans le consentement de l'auteur ou de ses ayants cause, est illicite et constitue une contrefaçon sanctionnée par les articles L.335-2 et suivants du Code de la propriété intellectuelle.

Pour Odile

Première partie

Chapitre 1

– Non, dit Léa.

Derrière elle, son ombre géante dévorait le mur à peine éclairé par la veilleuse et, cassée à l'arête du plafond, le hérissait de crocs noirs. A ses pieds bruissaient des étoffes froissées avec férocité. Un crissement semblable à celui de cartons qui se frottent s'ajoutait au brouhaha étouffé. Du métal cognait par à-coups contre une surface dure. Des billes de bois heurtées roulaient et crépitaient comme des balles. Une meute affamée lui léchait les cuisses et tentait de lui mordre les genoux.

Dans la lutte, la torche électrique braquée sur le bas du corps de Léa vacilla et sa petite tête surgit en pleine lumière, brune et cramoisie, au-dessus d'un océan de cornettes agitées. Dressée sur le lit, elle serrait sa poupée de la main gauche et, de la droite, plaquait sur son ventre la combinaison à entre-deux de dentelle que trois religieuses prosternées, en longues robes sombres, le chapelet à la ceinture, s'efforçaient de lui arracher. Au milieu du dortoir endormi, des matelas

11

grincèrent et une fillette dérangée dans son rêve fit entendre une plainte.

– Allons, mon enfant, laissez-vous faire, chuchota une voix.

Mais Léa se battait en silence, avec une grande énergie. La poupée glissa dans le creux de son bras. Elle la remonta fermement sous son menton et la perruque blonde aux mèches rares sur un crâne rose vif vint se nicher dans son cou. L'une des attaquantes en profita pour relever la combinaison qui dévoila deux cuisses dodues et une culotte trop petite, tendue sur le ventre bombé, dont l'élastique avait glissé sous le nombril. Une autre agrippa une jambe et souleva de force un pied auquel elle tenta d'arracher une chaussure. Léa tangua, se rattrapa de justesse en s'adossant au montant de fer-blanc, mais le long chapelet de la religieuse se prit dans une boucle du soulier et elle s'affala sur la couverture. L'enfant se dégagea avec rage et, piétinant son lit, hurla d'une voix démesurée par rapport à sa taille :

– J'ai froid !

La torche tomba et, de nouveau, la grande tache difforme reprit possession du mur. Sur les vingt lits qui se faisaient face, alignés dans la longue pièce, des draps repoussés laissèrent apparaître des gamines ébouriffées qui se retournaient en s'appuyant sur un coude ou s'asseyaient en se frottant les yeux. Devant le spectacle incompréhensible de cette ombre monstrueuse qui gesticulait, deux d'entre elles, effrayées, se mirent à pleurer. Comme atteintes par la contagion, d'autres gémirent et le dortoir obscur ne fut bientôt plus qu'un braillement. Léa, redevenue muette, passait en revue d'un air triomphant le champ de bataille saccagé. Les cornettes penchées sur elle se relevèrent.

– Il ne reste plus qu'à allumer, soupira la religieuse qui tenait la torche électrique.

– Vous n'y pensez pas, sœur Saint-Gabriel. Et le couvre-feu !

– Souhaitons que la peinture des vitres soit bien opaque ou nous aurons encore affaire à la défense passive.

Une maigre ampoule pendue au plafond éclaira tout entière Léa debout sur son lit, l'avant-dernier de la rangée. Ses cheveux frisés faisaient sur sa tête un paillasson de laine brune. Son petit visage mat aux joues rougies par l'effort était crispé de colère. Une ride lui barrait le front et ses yeux lançaient des flammes, au fond de ses orbites creusées par le faux jour. Ainsi plantée au milieu de ces lits aux couvertures claires, elle évoquait une ortie noire piquée dans un parterre de tulipes blanches. Serrant toujours sa poupée sur son cœur, elle abandonna la défense de sa combinaison et se fourra le pouce droit dans la bouche. L'ombre était revenue à des proportions plus normales. Les pleurs se calmèrent et tous les regards se tournèrent vers elle avec curiosité. Des têtes se rapprochèrent, il y eut des murmures et des rires soulagés. Les religieuses s'écartèrent.

Sœur Saint-Gabriel vint à grands pas se camper, cornette bruissante et chapelet cliquetant, au milieu du dortoir. C'était une grande femme à la peau brune de Méditerranéenne et aux sourcils noirs.

– N'ayez pas peur, mes enfants, dit-elle avec douceur. Voici une nouvelle camarade qui nous arrive en pleine nuit tout simplement parce que son train a été retardé. Nous ferons les présentations demain. Pour l'instant, sachez qu'elle s'appelle Léa et qu'elle a cinq ans. (Et, se tournant vers l'enfant :) Allons, mon petit. Il faut vous mettre en chemise de nuit.

Mais Léa s'obstinait, si raidie dans sa volonté de ne pas céder que ses jambes en tremblaient. Elle écarquillait les paupières, de crainte que la fatigue ne les lui ferme. Son regard incrédule balaya la salle aux fenêtres peintes et les trois pingouins, deux maigres et un petit gros, à la tête chauve encadrée d'ailes blanches, debout au milieu des lits à barreaux de fer. Il tomba enfin sur l'oreiller d'en face, auquel s'adossait une fille apparemment d'un an ou deux plus âgée qu'elle, aux cheveux très noirs. L'enfant fixait sur Léa de grands yeux bleus bordés de cils sombres. Après s'être assurée d'avoir attiré son attention, elle s'assit de biais sur son drap, tendit la main parallèlement au mur et posa dessus son autre poing fermé. Puis elle fit, de l'index et du majeur, un mouvement de ciseaux. Un canard ouvrit et referma le bec sur la surface blanche. La petite magicienne se retourna, cligna de l'œil et sourit.

Interloquée, Léa baissa le bras qui tenait la poupée et son pouce glissa de sa bouche ouverte, traînant un filet de salive. Une religieuse en profita pour s'appro-

14

cher, lui écarta les doigts en douceur, posa la poupée à côté d'elle et, prestement, retourna la combinaison qu'elle fit glisser vers le haut. La tête frisée réapparut pour disparaître à nouveau sous les plis amples d'une chemise de nuit blanche à liseré rouge. La culotte fut subtilisée, suivie des chaussures et des chaussettes, et Léa se laissa coucher sans protester davantage. Son regard restait rivé au mur opposé. Un lapin aux grandes oreilles frémissantes venait d'y remplacer le canard. La bonne sœur finit par remarquer le manège.

– Bénédicte, dit-elle en posant au pied du lit de Léa une serviette et un gant, demain vous vous occuperez de notre petite nouvelle. Vous lui montrerez où elle doit faire sa toilette, vous l'aiderez à s'habiller, vous l'accompagnerez dans la cour, puis au réfectoire. Et maintenant, que tout le monde dorme.

La lumière s'éteignit. Les enfants se recouchèrent. Les religieuses bordèrent encore quelques couvertures, firent, du pouce, le signe de la croix sur quelques fronts, puis quittèrent la pièce. Sœur Geneviève, qui surveillait le dortoir, regagna, à l'autre bout de la salle, sa cellule entourée de rideaux blancs. Son ombre chinoise s'y découpa, obèse, lorsqu'elle ôta sa cornette, rejetant d'un mouvement de tête ses longues nattes qui se déroulèrent sur ses épaules. Le chapelet fit un bruit de crécelle en touchant la chaise sur laquelle elle le déposa. Léa avait repris son pouce et contemplait, fascinée, ce nouveau théâtre.

– Si tu continues, demain, on t'y mettra de la moutarde, souffla sa voisine de gauche qui, tournée sur le

15

côté, l'observait. Ou bien alors de l'aloès. C'est encore plus mauvais.

Léa la regarda, ouvrit la bouche pour se remettre à hurler mais, vaincue, s'endormit d'un coup, la main crispée sur les cheveux de sa poupée. Il y eut encore des chuchotis, des gémissements de ressorts malmenés, le bruit d'un verre que l'on posait sur du métal, puis le dortoir sombra dans un sommeil de plomb. Après quelques minutes de silence, la nuit apporta, à travers les fenêtres fermées, le son lointain de bottes cloutées martelant le pavé, un cliquetis d'armes, une chanson fredonnée. Un ordre claqua, suivi d'un cri bref. Les respirations changèrent de rythme mais personne ne bougea.

Les deux religieuses qui ne dormaient pas dans le dortoir étaient restées à l'écoute, l'oreille collée à la porte. Elles se redressèrent en se tenant les reins.

– Votre frère est encore là, sœur Marthe ? demanda sœur Saint-Gabriel.

– Oui. On lui a servi un casse-croûte dans la cuisine. Il nous attend.

– Allons-y. Il faut qu'il ait le temps de se reposer un peu et qu'il puisse repartir dès la fin du couvre-feu.

Elles rassemblèrent les plis de leur jupe et, la main sur leur chapelet pour l'empêcher de bouger, descendirent le grand escalier de pierre. Sur le palier du rez-de-chaussée, les casiers à chaussures empilés, dans lesquels les élèves rangeaient cirage, chiffons et brosses, montaient, à la lueur de la torche, une garde

16

fantomatique. Un autre escalier, plus petit, en bois celui-là, descendait au sous-sol.

La vaste cuisine plongée dans le noir empestait le chou et la graisse rancie. De gros chaudrons posés sur des cuisinières à barre de cuivre ouvraient largement leur gueule. Près d'une fenêtre tendue d'un papier bleu d'écolier, un homme, le béret sur la tête, achevait de manger à la lueur d'une bougie fixée dans une soucoupe. Il se décoiffa, repoussa son assiette et se leva.

– La petite dort. Ça n'a pas été facile, dit sœur Saint-Gabriel. Elle n'a pas l'air commode. Asseyez-vous et racontez-nous ce qui s'est passé, monsieur Lombard.

Les religieuses approchèrent deux chaises et s'assirent à leur tour. Leurs cornettes luisaient dans la pénombre.

– Un ami que nous avons à la préfecture a été averti ce matin qu'une rafle se préparait. Il a la liste de tous les Israélites fichés à Bordeaux. Il est allé lui-même trouver les parents. Des gens de nationalité russe, seule la fillette est française. Il a essayé de les convaincre qu'ils devaient quitter leur domicile et aller se cacher ailleurs. Ils n'ont pas voulu l'écouter. Le mari répétait qu'il était en règle, que sa femme et lui portaient l'étoile jaune depuis juillet, qu'ils ne faisaient pas de politique. Et même qu'ils étaient catholiques. Comme je l'ai dit à ma sœur, ils ont raconté qu'ils s'étaient convertis en 39. A l'heure qu'il est, ils doivent être au camp de Mérignac.

– Mais la petite ?

17

– Les gendarmes sont venus embarquer toute la famille en début d'après-midi. Nous avions eu le temps de prévenir une jeune fille de l'OSE, l'organisation israélite. Elle est allée chercher la gosse. Les parents s'obstinaient à ne pas la lâcher. Ils n'étaient pas au courant de la nouvelle circulaire, celle qui autorise à emmener aussi les enfants. Elle a eu beaucoup de mal à les convaincre. Finalement, au moment où on frappait en bas, la mère a cédé. Le père a hésité, puis il a tiré de son portefeuille les papiers de sa fille. Notre camarade l'a emportée dans ses bras et s'est réfugiée avec elle chez une voisine qui avait entrebâillé sa porte. Elle a accepté de les garder mais pour une demi-heure, pas plus. C'est comme ça qu'on en a hérité.

– Et l'enfant a pris ça comment?

– Elle n'arrêtait pas de hurler. On a fini par la bâillonner avec son écharpe. Comme je devais faire une livraison avec mon camion, on m'a demandé de la cacher sous la banquette et de vous l'amener. Ma sœur m'avait dit qu'en cas d'urgence on pourrait s'adresser à vous. La môme s'est endormie à force de pleurer. Voilà ses papiers. Ne les laissez pas traîner. Il y a son certificat de baptême.

Sœur Saint-Gabriel eut un coup d'œil de reproche pour sœur Marthe, une petite noiraude qui regardait droit devant elle et ne soufflait mot. Elle feuilleta les papiers et les enfouit dans la poche profonde de sa robe.

– Ses parents? Que vont-ils devenir?

– On dit que Mérignac sera vidé demain. C'est parce que le quota de Juifs fixé par les Allemands n'était pas atteint qu'il y a eu cette rafle. Il paraît qu'ils embarquent tout le monde. On les conduit en banlieue parisienne, à Drancy.

– Et ensuite?

– Ça, personne ne le sait. Il est question de camps de travail, quelque part en Pologne.

– La petite n'a pas d'autre famille?

– Les parents nous ont dit que tous les autres, oncles, tantes, grands-parents, étaient restés à Paris et qu'ils avaient été raflés en juillet. Depuis, ils n'en ont plus de nouvelles.

– Bien, monsieur Lombard. Nous garderons l'enfant autant qu'il le faudra. Sous un faux nom, évidemment. Cette guerre ne va pas durer toujours. Les parents pourront peut-être revenir la chercher d'ici là. Maintenant, allez vous reposer. On vous a préparé un lit de camp dans le bureau de notre révérende mère. Votre sœur va vous y conduire. Elle vous réveillera à six heures.

Sans rallumer sa torche électrique afin d'en économiser la pile, la religieuse remonta l'escalier de la cuisine en se guidant du bout des doigts contre le mur. A cette heure de la nuit, l'odeur de moisi qui en émanait prenait à la gorge. Tout pourrissait dans ce vieil immeuble bordelais situé trop près du fleuve. Les peintures s'écaillaient par grands lambeaux, laissant voir en dessous le plâtre verdi par le salpêtre. Des plaques entières tombaient des plafonds. Le bois des

19

parquets, trop humide, cédait par endroits sous le pied, qui s'y enfonçait comme dans une bouillie de sciure. Seul avantage de ce délabrement, les hommes de la Kommandantur venus visiter le pensionnat deux semaines plus tôt avaient renoncé à le réquisitionner. Sœur Saint-Gabriel voyait encore leur chef, un lieutenant, brandir sa cravache et, l'air dégoûté, l'introduire dans une déchirure de la tapisserie qu'il avait achevé de fendre, de bas en haut, sur le mur du petit bureau où elle le recevait.

Plus question de dormir. Il fallait mettre à profit ces moments de calme après l'agitation de tout à l'heure pour tenter de réfléchir. Que faire de cette enfant sans papiers présentables, sans vêtements de rechange, sans argent, sans carte d'alimentation ? Elle passa dans sa cellule prendre son châle, ressortit et respira longuement sur le seuil l'air glacé de la nuit. Les projecteurs de la DCA entrecroisaient leurs fuseaux de lumière blanche dans le ciel vide et muet sans le vrombissement trop fréquent des forteresses volantes. Au moins, aujourd'hui, pas d'alerte. Seule sirène, celle d'un bateau qui avait dû déjouer la surveillance des Anglais et rapporter du Japon de l'étain ou du caoutchouc, en forçant le blocus. Cela pour approvisionner les Allemands, bien entendu. Entre ces navires traqués par les bombardiers alliés, la base sous-marine, la gare Saint-Jean toute proche, régulièrement attaquée, et le mur de l'Atlantique que construisait l'organisation Todt, Bordeaux souffrait. Sœur Saint-Gabriel rajusta sa cornette, dont la bise soulevait un pan. Quand cette guerre finirait, que resterait-il de sa ville ?

Tâchant d'étouffer le bruit de ses semelles de bois sur le pavé, elle traversa la cour. La chapelle dans laquelle elle entra était plus glaciale encore que le reste des bâtiments. On avait renoncé à la chauffer, même pour les offices. Trop vaste, trop haute de plafond, trop dépouillée avec ses murs de pierre qui suintaient, gorgés d'humidité. Des relents d'encens et de cierges en mauvaise cire y traînaient. La vision du Christ sur sa croix, un simple tissu noué autour des reins, la fit frissonner. Les genoux nus, l'un raide, l'autre plié, les pieds rose vif percés d'un grand clou d'où gouttait un sang noirâtre lui donnèrent un haut-le-cœur. Après une génuflexion et un signe de croix hâtifs devant l'autel, elle tourna le dos aux travées réservées à la congrégation et alla s'asseoir sur l'une des petites chaises qu'occupaient, pendant la messe ou les vêpres, les élèves emmitouflées.

Que penserait l'aumônier de son initiative si elle lui en faisait part ? Et, plus haut que lui dans la hié-rarchie, que dirait monseigneur Feltin, l'archevêque de Bordeaux ? Certains évêques avaient publiquement condamné la persécution des Israélites. Pas lui. Au-cune directive n'était donnée, ni dans ses sermons à la cathédrale ni dans les bulletins paroissiaux. En l'absence de la mère supérieure, bloquée au Canada depuis la déclaration de guerre, elle était la plus ancienne ici et, par conséquent, la seule responsable. Elle avait réagi d'instinct lorsque sœur Marthe était accourue pour lui dire que son frère venait de sonner à la porte avec, dans ses bras, une petite fille endormie. Un frère qui, pour échapper au STO, avait pris le maquis et faisait de temps en temps une apparition nocturne au couvent, dans le cadre de missions visiblement clandestines. Sœur Saint-Gabriel le savait depuis longtemps, même si elle n'en avait jamais rien dit. Parmi les religieuses, certaines avaient des pères, des cousins en Angleterre, d'autres prisonniers en Allemagne, ou même engagés dans l'une des nombreuses milices au service de Vichy. Comment dissimuler l'identité de Léa ? Mieux valait la cacher à tout le monde, hormis à sœur Marthe et à sœur Geneviève, qui, pour l'une, la connaissait déjà et, pour l'autre, devait s'en douter.

Par ailleurs cette enfant était baptisée, certes. Mais que penser de ce baptême ? Une famille israélite, d'origine russe, convertie en 1939, quelques mois avant la déclaration de guerre ? Ses doigts trouvèrent, au fond de sa poche, les papiers. Après tout, pourquoi ne pas la conduire à la gendarmerie ? Elle pourrait rejoindre ses parents au camp de Mérignac avant leur départ pour Drancy. N'était-il pas inhumain de l'en séparer ? La décision qui venait d'être prise par les autorités, celle de laisser les enfants suivre leur famille, n'était-elle pas dictée par une préoccupation généreuse ? La Pologne passait pour un pays très catholique : les Juifs y seraient probablement bien traités. Pourtant la France, la fille aînée de l'Église, ne se comportait-elle pas d'une façon peu charitable en ce moment, avec les étrangers ? Témoin, les rafles qui se succédaient depuis celle, spectaculaire, du 15 juillet. Et les écriteaux « Interdit aux chiens et aux Juifs », qui fleurissaient partout depuis qu'ils avaient fait leur apparition sur la vitrine du café Le Régent, place Gambetta. D'ailleurs, comment conduire la petite au commissariat de police sans expliquer dans quelles circonstances elle était arrivée au couvent et donc trahir son sauveteur ?

Sœur Saint-Gabriel essaya de prier. Le cœur n'y était pas, et puis elle avait sommeil. Elle se leva en resserrant son châle sur ses épaules. Dehors, une aube sale rendait plus calamiteux encore les pavés disjoints de la cour, les arbres maigres, le mât squelettique du drapeau. Le toit de tôle du préau se détachait, tranchant, sur le blanc laiteux du ciel que n'éclairait plus la DCA. Elle était trop fatiguée pour réfléchir. Il fallait encore trouver un uniforme à la taille de la gamine afin qu'au réveil, quand elle s'habillerait, rien ne la distingue de ses compagnes. Du moins si l'on décidait de la garder. Par bonheur, en ces temps de disette, les mères acceptaient parfois d'abandonner d'une année sur l'autre les uniformes de leur fille, devenus trop petits, au profit d'enfants plus pauvres, s'il n'y avait pas de cadette pour les porter à son tour.

Elle alla dans la réserve, alluma la lumière. A cette heure, même les volontaires de la défense passive devaient dormir. D'un tas de cartons explorés, elle ramena du linge, une jupe, un chandail, puis un manteau bleu marine, qui lui parurent à peu près de la bonne taille. Sur quoi elle retourna dans le dortoir pai-

sible où elle entra après avoir retiré ses chaussures et
son chapelet. Elle traversa la pièce sur la pointe des
pieds, sa torche braquée vers le sol. Parvenue au
chevet de Léa, elle constata que sa main avait lâché les
cheveux de la poupée et reposait tout près, paume
ouverte comme un coquillage. Elle la dégagea doucement, puis procéda à l'échange des vêtements. La
combinaison à entre-deux de dentelle portait les initiales de l'enfant, brodées avec délicatesse. Sœur
Saint-Gabriel, le front plissé de stupeur, soupesa le
tissu doux et fluide qui lui coula entre les doigts. De la
soie ? Elle ramassa la robe écossaise en lainage souple,
à manches ballons, avec son petit col en piqué blanc,
et les chaussures à lanière, en vernis noir. Elle devait
faire disparaître au plus vite ces habits trop riches.
Après quoi, il resterait à persuader la gamine de
répondre à un autre nom, afin d'achever de gommer
toute trace de ses origines. Pour l'instant, elle dormait,
le pouce toujours dans la bouche. Rien d'étonnant,
après ces violences, qu'elle se soit montrée si difficile.
Demain, elle serait plus calme. A cet âge, on oublie
vite.

Quant à elle, pas question de se recoucher. L'heure
des matines allait bientôt sonner. Elle redescendit
dans la cuisine où filtrait déjà, par les interstices du
papier mal collé, une lumière livide, et souleva le couvercle de l'un des fourneaux. Le feu y était préparé.
Elle jeta une allumette sur le tas de papiers froissés et
de brindilles soigneusement entrecroisées, attisa avec
un soufflet la flamme qui venait de prendre. Puis elle

24

plaça dessus quelques morceaux de charbon prélevés dans le broc où on les disposait chaque soir avec parcimonie. Quand la braise fut assez fournie, elle y jeta les vêtements et, sans hésitation, la poupée, dont les cheveux grésillèrent et dont la tête déformée par la chaleur finit par fondre en grimaçant. Les yeux de verre jaillirent l'un après l'autre des orbites avec un bruit de bouchon qui saute et ricochèrent contre les parois. Elle les retira du bout de ses pinces et les enfouit au fond de la poubelle. Puis elle remua encore une fois le brasier. Le soir venu, elle viderait elle-même les cendres du tiroir afin de s'assurer qu'aucun vestige ne puisse donner l'éveil. Après les matines, quand les sœurs viendraient prendre leur petit déjeuner, elle prétexterait une insomnie pour expliquer qu'elle eût allumé le feu elle-même au lieu d'en laisser le soin à la religieuse dont c'était la charge. Elle fit une dernière tournée d'inspection. Hormis les papiers enfouis tout au fond de sa poche, il ne restait plus rien de ce qui avait été l'identité de Léa.

Chapitre 2

Ce fut la main de Bénédicte lui secouant le bras qui réveilla la nouvelle pensionnaire.

– Tu n'as pas entendu la sonnerie ?

L'enfant, encore à demi endormie, se recroquevilla dans la chaleur du lit. D'un geste machinal, elle chercha sa poupée.

– Sœur Saint-Gabriel te l'a prise, dit Bénédicte. Ici, on n'a pas le droit de garder des jouets dans son lit.

Bien réveillée cette fois, Léa s'assit et rencontra le regard sérieux des grands yeux bleus.

– Je la veux.

– Allons, pas de caprice, on te la rendra pour les vacances. Viens faire ta toilette. Nous allons être en retard.

L'aînée attrapa sur la couverture le linge et le paquet de vêtements que la religieuse y avait pliés la veille : culotte et maillot de coton blanc, jupe plissée bleu marine et chandail de même couleur orné d'un col en celluloïd retenu par des boutons. Elle posa le tout par terre, en compagnie de ses propres habits. Puis elle fit descendre Léa, dont le pouce avait immédiatement rejoint la bouche et qui ne la quittait pas des yeux. Elle tapota le drap de dessous, rabattit celui du dessus et le tira sur l'oreiller, avant de border la couverture avec adresse et d'en lisser les plis.

– On va se laver, dit-elle.

– Je veux ma nounou, répliqua Léa en sautillant sur le carrelage glacé. C'est elle qui me lave le matin. Maman me donne mon bain le soir.

– Tu es grande. Tu n'as plus besoin d'une nourrice. Je t'aiderai, allez, viens.

Subjuguée, Léa saisit d'une main la chemise de nuit de son guide. Sans la lâcher, elle traversa derrière elle le dortoir déserté, entre les deux rangées de lits faits au cordeau, séparés par de petites tables. Le silence le faisait paraître plus vaste encore. L'ampoule électrique ne l'éclairait que chichement et le parsemait de trous d'ombre. Quelques égratignures zébraient de blanc la peinture bleu foncé des hautes vitres fermées entre lesquelles était fixé un grand crucifix de bois. Le souffle des gamines projetait de petits ballons de buée dans l'air confiné.

Passé la cellule de la surveillante, silencieuse derrière ses rideaux, une porte donnait dans une autre pièce qui faisait office de salle de bains. Des jets de vapeur fusaient de brocs déversés dans la double rangée de cuvettes alignées sur une longue table. Il en montait une odeur fade de savon bon marché. La grosse sœur Geneviève, vêtue de pied en cap, avec sa longue robe noire et sa cornette aux ailes blanches, surveillait la toilette des filles en égrenant son chapelet. Juchées sur la pointe des pieds, dans leurs chemises de nuit identiques, elles se penchaient sur les récipients émaillés où stagnait une eau parsemée d'îlots grisâtres qui s'accrochaient aux parois. Toutes se redressèrent ou se retournèrent, le gant ou la brosse à dents à la main, pour regarder entrer Léa, en repoussant les cheveux qui leur dégoulinaient dans les yeux.

– Dépêchez-vous de vous laver, Bénédicte. Léa, faites comme elle.

La plus grande versa l'eau bouillante du broc dans deux cuvettes déjà à demi remplies d'eau froide. Elle se savonna le visage, puis, sans ôter sa chemise, passa son gant dessous, nettoyant ainsi tout son corps, des aisselles aux pieds. Mais la main de Léa, toujours accrochée à l'étoffe, gênait ses mouvements. La religieuse vint à la rescousse et détacha les doigts. Toute à l'observation de la scène, l'enfant, sans réfléchir, saisit sa chemise et fit le geste de la relever pour l'ôter. Autour d'elle, les gamines pouffèrent et poussèrent de petits cris faussement horrifiés. La religieuse rougit.

– Ici, Léa, dit-elle, on se lave et s'habille avec modestie. On ne montre son corps à personne, pas même à son ange gardien…

– Laissez, ma sœur, coupa Bénédicte. J'ai fini. Pour cette fois, je vais lui montrer.

Elle mouilla le gant propre, le savonna, s'accroupit et l'enfila sur la main de Léa qu'elle guida sous la chemise. Le tissu, en retombant, se colla, froid et visqueux, sur les jambes de la petite. La serviette se glissa

28

dessous et sécha vaguement la peau. Puis Bénédicte entreprit de démontrer selon quelles acrobaties on parvenait à s'habiller sans laisser entrevoir un centimètre carré de sa chair. Il fallait commencer par la culotte, qu'on enjambait, puis qu'on tirait des deux mains, en s'arrangeant pour que la chemise ne remonte pas. Après quoi, on se contorsionnait pour dégager l'un après l'autre vers l'intérieur les épaules et les bras que l'on introduisait dans les manches en poussant les coudes vers le bas. Aveuglée par la chemise qui vous recouvrait toujours la tête, on tâtonnait à la recherche de son chandail que l'on passait à l'abri de cette tente improvisée. Puis c'était au tour de la jupe. Alors, et alors seulement, on retirait la chemise.

Léa regardait cet étrange exercice avec stupéfaction. Après avoir enfilé ses chaussettes et lacé ses chaussures, puis s'être brossé les cheveux, Bénédicte, la voyant transformée en statue, haussa les épaules et entreprit de l'habiller. La gamine se laissait faire sans un geste et son corps tiède pesait comme un poids mort. L'autre recula d'un pas pour évaluer son travail, rectifia la pointe du col qui s'obstinait à rebiquer, puis prit sa protégée par la main et l'entraîna dans le dortoir à la suite des autres filles qui, toutes vêtues du même uniforme bleu marine, attendaient, alignées sur deux rangs. La religieuse, debout à leur tête, actionna un claquoir et les files s'ébranlèrent. Dans l'escalier, les deux dernières, des grandes de neuf ans, se retournèrent pour contempler les retardataires.

— Dis donc, c'est un vrai microbe, la nouvelle, fit

l'une d'elles. Tu as vu sa jupe? Elle lui descend jusqu'aux pieds. Ma pauvre Bénédicte, j'espère que ça t'amuse, de jouer à la nourrice, parce que cette gosse, elle n'est pas près de te lâcher.

Dans le couloir étroit sur lequel donnait l'escalier, des manteaux étaient accrochés à des patères. Chacune prit le sien. Bénédicte s'empara de celui qui restait pour l'enfiler à Léa et lui enfonça sur la tête un bonnet trop grand pour elle qui lui recouvrait à moitié les yeux.

Un vent froid s'engouffrait par la porte d'entrée. Dehors, dans la cour plantée de quatre arbres dont les branches se dessinaient à l'encre noire sur un ciel gris perle, toute l'école était rassemblée autour du mât au drapeau. D'un côté, le carré serré des religieuses, les mains dans leurs manches. De l'autre, les élèves frissonnantes, au garde-à-vous. L'une d'elles se détacha du groupe et s'approcha du mât.

– C'est à l'équipe des Chamois que revient aujourd'hui l'honneur de hisser le drapeau, déclara sœur Saint-Gabriel debout devant la formation des religieuses comme un commandant à la proue de son navire. (Et, se retournant :) Enfants de France, toujours…

– Prêts ! répondit un chœur de voix aigrelettes.

La fillette de faction tira sur une ficelle et le drapeau bleu-blanc-rouge s'éleva par à-coups. Le claquoir retentit.

– Maréchal, nous voilà… entonna une bonne sœur.

Et tout le monde reprit la chanson.

– Maintenant, prenez vos distances.

Dans un ordre parfait, les filles se répartirent par rangées parallèles, tendirent les bras à l'horizontale jusqu'à toucher la pointe des doigts de leurs voisines, firent un quart de tour pour répéter le même mouvement, reprirent leur position première et entamèrent la séance de gymnastique. Les jambes s'écartaient et se rejoignaient avec des crissements de semelles sur le pavé. Les corps se pliaient et se relevaient en cadence. Les fonds de culotte apparaissaient et disparaissaient au rythme du claquoir. Seule Léa restait immobile, la main fermée sur la jupe plissée de sa compagne qui s'efforçait de se dégager sans y parvenir et ne pouvait bouger. Des élèves se poussèrent du coude, d'autres se retournèrent pour les regarder et un fou rire commença à se répandre. Bénédicte abandonna en jetant à la religieuse qui commandait l'exercice un regard implorant. Un coup de sifflet signala qu'il était temps de se remettre en rangs et de regagner le bâtiment au pas de course.

Au réfectoire non plus, Léa ne lâcha pas Bénédicte. Elle se glissa à côté d'elle en bout de banc, une jambe dans le vide faute de place jusqu'à ce que, sur l'ordre d'une surveillante, les autres se poussent en maugréant. Il était interdit de parler. On trempait sa tartine de margarine dans un bol de lait additionné d'un ersatz de café tandis qu'une élève plantée sur une estrade ânonnait une lecture pieuse en tournant les pages d'un livre posé sur un lutrin. La voix de la récitante avait du mal à se faire entendre dans le choc métallique des cuillères et le bourdonnement continu de murmures dont le volume montait d'un cran dès que s'éloignait la surveillante qui passait de table en table en frôlant les dos. Le regard de Léa, qui n'avait encore rien mangé, tomba sur un pot de confiture dont l'une de ses voisines enduisait sa tartine. Elle ôta son pouce de sa bouche pour s'en emparer. L'autre, d'un air scandalisé, le couvrit de son papier sulfurisé et fit claquer un élastique autour avant de le ranger, avec des gestes de propriétaire, à côté d'un pâté, d'un saucisson et d'un bout de fromage, dans un coffret de bois dont elle rabattit hermétiquement le couvercle. Les élèves, le sourcil levé, manifestèrent en silence leur solidarité indignée devant la tentative d'effraction. Une grosse blonde extirpa de son propre coffret un pot de miel qu'elle offrit à sa voisine avec une générosité ostensible. Le cadeau fut salué d'un sourire pieux, avant d'être escamoté.

– Tu n'as pas le droit de toucher à leurs suppléments, souffla Bénédicte. Il faudra attendre que tes parents t'en apportent.

Lorsque tout le monde, debout, eut dit les grâces et se fut mis en rang pour quitter le réfectoire, la surveillante vint chercher Léa. Celle-ci, voyant qu'on allait la séparer de Bénédicte, dont elle tenait toujours la jupe, agrippa de sa main libre le coin d'une table et, sans mot dire, s'y cramponna. Deux religieuses accourues lui décollèrent les doigts un à un et la prirent à bras le corps pour la porter, écarlate de colère et hurlante, à travers escaliers et couloirs. Jambes raidies, elle décochait dans les murs de grands coups de pied qui en délogeaient des morceaux de plâtre. Elles la trimballèrent ainsi jusque dans le bureau de sœur Saint-Gabriel où elles la posèrent sur une chaise en s'épongeant le front. Léa profita de cette faiblesse pour se tortiller sur elle-même et, jupe tire-bouchon-née, tenter de se laisser glisser à terre. Deux mains se nouèrent autour de sa taille. Deux autres pesèrent fermement sur ses épaules.

– Mon enfant, calmez-vous, dit la religieuse. Vous vous comportez comme une petite sauvage. Que diraient vos chers parents s'ils vous voyaient?

– Mon père vous battra quand il reviendra de voyage, cracha Léa.

– En attendant qu'il revienne, vous devez être sage. C'est à nous qu'il vous a confiée. Je vous ai fait venir pour vous dire un certain nombre de choses. Vous pourrez ensuite rejoindre vos compagnes, qui vous accueilleront comme des sœurs.

– Elles ne veulent pas me donner leur confiture. Je garderai la mienne pour Bénédicte et pour moi quand maman m'en apportera. Où est ma poupée?

– Il est interdit de jouer à la poupée pendant l'année scolaire. Maintenant, dites-moi. Savez-vous comment vous vous appelez? Léa est-il le diminutif d'Hélène, d'Éliane, de Liliane?

– Je m'appelle Léa Lévy. J'habite à Paris, 27, boule-vard des Invalides, débita la petite d'un trait. Maman s'appelle Alexandra. C'est trop long. Tout le monde dit Assia. Alors elle m'a donné le nom de Léa pour que je garde toujours le même.

La religieuse soupira.

– Va pour Léa. Mais votre nom de famille, mon petit, ce n'est plus le bon. Vous allez devoir en apprendre un autre.

– Pourquoi ?

– Parce que vos parents le désirent.

– Ce n'est pas vrai.

– Ils l'ont dit au monsieur qui vous a amenée ici hier soir. Ce sont des affaires de grandes personnes, vous ne pourriez pas comprendre. Mais ils veulent, tant que vous serez ici, que vous vous appeliez Lelong. Léa Lelong. Ou, mieux encore, Éliane. Vous reprendrez votre ancien nom quand ils viendront vous chercher. Cela ne tardera pas, vous verrez. Ils ont dû partir en voyage sans vous emmener. C'était trop fatigant pour une fillette de votre âge. A leur retour, ils seront heureux de savoir que vous leur avez obéi.

Léa, sans répondre, fixa sur la religieuse un regard profond.

– Vous pensez peut-être que vous ne serez pas capable de vous en souvenir ?

Elle eut un rire insolent.

– ABCDEFGHIJKLMNOPQRSTUVWXYZ, récita-t-elle à toute allure. Papa dit : Ma petite fille a une mémoire d'éléphant.

– Alors, prouvez-lui qu'il peut être fier de vous. Et puis, tâchez, pour lui faire plaisir, de vous montrer plus docile. Vous allez apprendre beaucoup de choses

34

dans notre pensionnat. Comme il n'y a pas d'autre enfant de votre âge, je vous mettrai dans une classe de grandes. Vous apprendrez à lire et à écrire. Songez au bonheur de vos parents quand ils vous retrouveront.

– Mais je sais déjà lire, lâcha Léa avec dédain.

La religieuse eut un sourire contraint. Décidément, cette gamine avait tous les défauts : indisciplinée, insolente, orgueilleuse et menteuse, en plus. Se vanter de savoir lire, à son âge ! Elle allait donner du fil à retordre. Il faudrait la prendre avec douceur mais aussi avec fermeté. A cinq ans, déjà si rebelle ! De quelle éducation l'avaient donc gratifiée ses parents ? On disait sa race dominatrice et fourbe. Fallait-il le croire ? Elle s'admonesta intérieurement pour revenir à des sentiments plus charitables. Elle-même venait bien de mentir en prétendant que la famille lui avait donné des consignes. Pieux mensonge. Elle s'en ouvrirait à l'aumônier en confession. Sans doute n'aurait-elle que trop d'autres occasions de violer les saints commandements. Mais que faire d'autre en ces temps troublés ? Quant à la petite, elle était juive, certes, mais baptisée. Peut-être lui avait-on déjà inculqué des rudiments de catéchisme ? Dans ce cas, les choses seraient plus faciles. D'ailleurs, à la regarder de plus près, cette minuscule créature, frisée, dodue, avec ses cuisses roses et potelées étalées sous la jupe encore relevée, son pouce planté tout entier dans sa bouche qui laissait filtrer des gouttes de salive sur le col de travers dont un bouton avait sauté, elle ne paraissait pas bien dangereuse, on voyait que c'était encore un bébé.

35

Un bébé qui avait déjà pris de mauvaises habitudes, mais un bébé malléable, à coup sûr. Elle chercha dans son tiroir l'un des rares bonbons, précieux souvenirs d'avant guerre, qu'elle distribuait parcimonieusement aux élèves en guise de consolation pour un genou écorché ou de récompense pour une bonne note et le tendit à Léa. Celle-ci sauta de sa chaise et l'enfourna sans hésiter.

– Sœur Marthe, conduisez donc en classe notre petite nouvelle. Vous l'assiérez à côté de Bénédicte. J'ai l'impression qu'elles s'entendent bien. Ce sera une bonne influence pour cette enfant. Donnez-lui un crayon et un cahier. Elle pourra commencer à tracer des bâtons pendant les leçons des grandes. Dans vos moments libres, préparez-la donc à l'apprentissage de la lecture. Ainsi, à la fin de l'année, si elle travaille bien, nous pourrons envisager de la faire entrer en onzième.

Sœur Marthe prit par la main Léa qui, cette fois, ne résista pas. Au moment où, l'escalier descendu, elles traversaient la cour intérieure et passaient à la hauteur de la porte cochère qui séparait les deux parties de l'établissement, des coups violents retentirent à l'extérieur. Sœur Saint-Gabriel dévala les marches en toute hâte, sa robe retroussée sur des bas blancs, et, après avoir agité la main derrière son dos pour faire signe aux deux autres de s'éloigner au plus vite, tira le gros verrou de cuivre. Un milicien en béret bleu, le revolver à la main, entra, précédant deux gendarmes qui traînaient un homme tassé sur lui-même, la tête sur la

36

poitrine, les vêtements déchirés. Sœur Marthe, qui remorquait Léa vers le couloir, se retourna, poussa une exclamation et lui lâcha la main.

– Pierre.

– Je vois que vous le reconnaissez, fit le milicien en saisissant l'homme par le col de la chemise et en lui relevant de force le menton.

Apparurent un œil au beurre noir et un nez doublé de volume d'où coulait un filet de sang. La bouche, dans laquelle il manquait des dents, n'était plus qu'une plaie. D'aigres effluves de transpiration et de peur s'échappaient du corps désarticulé que seule la poigne des gendarmes empêchait de s'effondrer.

– C'est mon frère.

– Quand l'avez-vous vu pour la dernière fois ?

– Tôt ce matin. Il a passé la nuit au couvent.

– Pourquoi ?

– Il était de passage à Bordeaux. Il m'a rendu visite. Comme il était trop tard pour qu'il reparte avant le couvre-feu nous lui avons proposé de dormir ici. Il est reparti à l'aube.

– Et qu'est-ce qui l'amenait dans notre bonne ville ?

– Il est camionneur. Il passe par Bordeaux une fois par mois environ. Cette fois, il m'a dit qu'il transportait des planches en provenance d'une scierie des Landes pour un entrepreneur du port.

– C'est un coco, votre frère, ma sœur, vous ne le saviez pas ? Un terroriste aussi, sans doute. Il ne transporte pas que des planches. On le soupçonne de faire du trafic de youpins. Plusieurs ont échappé à la rafle

37

d'hier. Il n'en aurait pas caché chez vous, par hasard ?

Sœur Saint-Gabriel fit un pas en avant.

– Je ne l'aurais jamais permis. Nous sommes de bonnes citoyennes et nous respectons les lois du Maréchal. Si vous voulez fouiller le pensionnat, je serai heureuse de vous conduire.

– Eh bien, c'est ça, allons-y. (Puis, apercevant Léa qui contemplait la scène :) Toi, par exemple, comment tu t'appelles ?

Il y eut un silence. Sœur Saint-Gabriel voulut intervenir.

– Laissez-la répondre. Alors, comment tu t'appelles ?

Léa, qui suçait son bonbon, pencha la tête sur le côté et le regarda d'un air malin.

– Léa Lelong, répondit-elle avec un large sourire qui montra des dents de lait, régulièrement plantées sur des gencives roses.

– Léa ?

– C'est le dinimutif d'Éliane. Maman dit que c'était trop difficile à prononcer pour moi quand j'étais bébé. Je disais Léa. Ça m'est resté.

– Et pourquoi n'es-tu pas en classe ?

– J'ai fait une sottise. On m'a grondée et on m'a confisqué ma poupée.

– Bien. Les gendarmes vont m'attendre ici avec le passeur de youtres. Moi, je te raccompagne dans ta classe. Je suis curieux de voir si toutes tes camarades ont des noms aussi français que le tien.

Le milicien s'approcha de Léa et lui ébouriffa les

cheveux. Elle se frotta contre sa jambe avec un rire perlé. Il lui donna une petite tape sur les fesses pour la faire avancer. Mais sœur Saint-Gabriel s'interposa et prit la tête du cortège qui s'engagea dans le couloir pour s'arrêter derrière une porte de bois dans laquelle se découpait un panneau de verre poli. Elle frappa et ouvrit.

– Mes enfants, levez-vous.

La religieuse qui, une longue baguette à la main, montrait des mots tracés sur le tableau noir à une fillette debout à côté d'elle s'immobilisa. Les élèves se levèrent. L'une d'elles, qui avait la tête fourrée sous le couvercle de son pupitre, le rabaissa, surprise par le silence, et gémit de peur, puis s'enfonça le poing dans la bouche avant de se lever à son tour.

– Asseyez-vous, dit le milicien. Ma sœur, ne vous dérangez pas pour moi. Poursuivez votre travail. Je tiens seulement à vérifier si vos élèves se débrouillent aussi bien en français qu'en yiddish.

– Nous sommes en cours de grammaire, balbutia la religieuse. Nous en étions à l'adjectif et à ses caractéristiques par rapport à l'adverbe. Je demandais à Rose quels étaient le comparatif de l'adjectif « bon » et celui de l'adverbe « bien ». Elle semble avoir quelque difficulté à les reconnaître, ajouta-t-elle avec un petit rire gêné qui se fêla.

Rose, une fille de neuf ou dix ans aux cheveux blonds et maigres retenus par une barrette sur le côté, se dandinait sans mot dire, en retenant ses larmes. La classe entière contemplait, les yeux exorbités, le revolver que le milicien passait négligemment d'une main à l'autre en se balançant sur ses jambes écartées. Léa s'arracha aux doigts ramollis de sœur Saint-Gabriel qui ne lui serraient plus le poignet. Elle courut au tableau et, constatant qu'elle n'était pas assez grande, alla chercher au premier rang une chaise à laquelle elle fit franchir avec difficulté l'obstacle de l'estrade. Puis elle monta dessus, se haussa sur la pointe des pieds, et, prenant la craie qui crissa affreusement, au point que le milicien, l'air peiné, porta la main à ses dents grinçantes, elle compléta les lignes d'une grosse écriture ronde. A côté de «bon», elle écrivit «maiyer» et, à côté de «bien», «mieu».

Sœur Saint-Gabriel fit un pas en avant et se gratta la gorge.

– Parfait, Léa. Vous avez encore quelques progrès à faire en orthographe mais vous avez mérité un bon point. Reportez la chaise là où vous l'avez prise.

Léa tapa du pied.

– Je ne veux pas de bon point. Vous allez me rendre ma poupée?

Déconcertée, la religieuse ne put que marmonner:

– Nous verrons.

– Une vraie tête de pioche! s'exclama le milicien. Ma sœur, vous la lui rendrez, sa poupée. C'est un ordre. Allez, toi, range cette chaise.

Pendant qu'elle s'exécutait et revenait près de sœur Saint-Gabriel, le milicien parcourut la classe des yeux, puis, dans un silence de mort, passa de pupitre en pupitre pour examiner les cahiers qu'il ouvrait à la première page afin de contrôler les noms. Il ne remarqua pas que Léa n'avait ni place préparée ni cahier. Enfin il rangea son revolver sous sa ceinture et, claquant les talons, quitta la pièce.

Chapitre 3

L'épisode de la poupée rendit encore plus difficiles les premiers pas de Léa au pensionnat. Sœur Saint-Gabriel aurait été bien en peine de la lui rendre. Mise au pied du mur, elle tenta d'expliquer à l'enfant que le règlement était le règlement : pas de jouets pour éviter de créer des différences entre les élèves et d'exciter des jalousies. La petite écouta ce discours avec un regard flamboyant de colère.

– Je la chercherai partout, hurla-t-elle. Je finirai par la trouver. Le monsieur vous mettra en prison si vous ne lui obéissez pas. Et puis d'abord c'est papa qui me l'a donnée. Demain, quand il reviendra, il vous forcera à me la rendre. Il vous tordra le bras derrière le dos jusqu'à ce que vous lui montriez la cachette. Il vous fera très mal !

On dut recourir à Bénédicte pour l'amadouer. Elle y parvint sans difficulté.

– Moi, dit-elle sereinement, il y a longtemps que je ne joue plus à la poupée. Je pense que c'est un jeu de bébé. Des jeux, je t'en apprendrai de bien plus drôles si tu veux être mon amie.

Cela mit fin à la discussion mais le caractère de Léa ne s'arrangea pas pour autant au cours des dix-huit mois qui suivirent. Ses camarades de pension étaient, pour la plupart, des filles de commerçants, de négociants en vins ou de propriétaires terriens bordelais. Elles recevaient régulièrement de leur famille les fameux suppléments – beurre, miel, confiture – rangés dans le coffret de bois cadenassé avec soin dont elles gardaient la clef accrochée à la chaîne en or pendue à leur cou qui retenait leur médaille ou leur croix de baptême. Lorsqu'elles l'ouvraient aux repas, elles commençaient par en vérifier le contenu d'un air méfiant derrière le couvercle levé, en le protégeant de leurs bras repliés sur lesquels elles posaient le front. Les provisions faisaient l'objet de trocs, scellaient les alliances, officialisaient les brouilles. On se les échangeait avec des mines confites en dévotion, des sourires entendus, des regards rapides qui parcouraient la table pour faire le bilan des jalousies et des rancœurs. Le coffret refermé, on enfouissait la clef dans l'encolure du chandail d'un air important. Les grâces dites, on quittait la pièce en tenant par le cou l'élue à laquelle on venait de manifester sa généreuse amitié.

Léa était gourmande. Elle devait se contenter de la ration de lait et des deux biscuits caséinés, agrémentés ou non d'une mince plaque de chocolat vitaminé, que l'on distribuait à la récréation du matin. Quant au menu des déjeuners et des dîners, il se réduisait aux

43

lentilles, que les élèves avaient pour tâche de trier à la récréation du soir afin de les débarrasser de leurs cailloux, aux rutabagas et aux topinambours, parfois aux nouilles et aux cent grammes de viande par semaine qui composaient l'ordinaire de la population française. Le tout empestant cette graisse à l'origine indéfinissable qui remplaçait le beurre et même la margarine. La cuisinière avait beau dépenser des trésors d'imagination qui se traduisaient au dessert par des compotes de citrouille ou des crèmes renversées à base de gélatine colorée, on mourait de faim au pensionnat comme partout.

Bénédicte, pas plus que Léa, ne recevait de suppléments. A la différence des autres, qui passaient leurs week-ends et leurs vacances dans leur famille, elle ne sortait pas non plus. Aux questions que lui posaient ses camarades, elle répondait que ses parents étaient en Amérique, qu'ils y avaient été surpris par la guerre et que, bien sûr, elle ne pouvait en recevoir ni lettres ni paquets. On considérait avec apitoiement et dédain cette fille qui, d'après ses dires, n'avait ni frères ni sœurs, ni oncles ni tantes, ni même grands-parents. Quant à Léa, on ne l'interrogeait plus tant on était las de son éternelle réponse : « Mon papa et ma maman sont partis en voyage. Ils sont très forts et très riches. Quand ils reviendront me chercher, ils m'apporteront beaucoup de belles choses et ils tueront toutes celles qui ont été méchantes avec moi. » Déclaration que ses interlocutrices avaient rapportée en haut lieu à maintes reprises et qui lui avait valu bien des sermons et des punitions mais dont elle ne variait jamais.

L'amitié des deux filles, qui persistait et s'affirmait malgré leurs deux années de différence, devait sans doute beaucoup à ces journées solitaires passées dans la pension déserte pendant les congés scolaires. Quand la dernière des mères endimanchées, boudinée dans son tailleur, l'indéfrisable surmontée d'un chapeau à voilette, le sac en faux croco à la main, s'était éloignée sur ses chaussures plates-formes avec sa progéniture, les salles vides se peuplaient d'étranges échos et le pas feutré des religieuses en savates chuintait sur le carrelage des couloirs. Pour Léa et Bénédicte, la discipline se relâchait. Elles parvenaient même à éviter la messe tri-hebdomadaire soit en se faisant oublier, soit en se cachant le temps que la bonne sœur chargée de les trouver se décourage et se précipite vers la chapelle dans un grand envol de jupons, terrifiée à l'idée de rater l'introït. Ou encore, au dernier moment, elles égaraient volontairement leur béret, accessoire indispensable pour entrer dans le lieu saint.

Au lieu de s'écorcher les genoux sur les prie-Dieu en paille rêche, elles lisaient, à plat ventre sur le même lit, dans le dortoir. La plus jeune ayant bien vite rattrapé son retard en matière de lecture par rapport à l'aînée, elles tournaient ensemble la page de leur livre : vieux illustrés dont il fallait reconstituer les histoires tant les feuilles arrachées manquaient, « Signes de piste », ouvrages de la « Bibliothèque rose » aux couvertures rafistolées, et jusqu'aux nombreuses Vies des saints à l'usage des enfants dont regorgeaient les pauvres rayonnages du pensionnat. Jambes en l'air, elles battaient des talons au même rythme. De temps à autre, Léa, par espièglerie, retirait doucement, avec ses doigts de pied, l'une des chaussettes de sa compagne sans que celle-ci, plongée dans sa lecture, s'en aperçoive. Dès qu'elle avait obtenu son trophée, elle descendait du lit en se tortillant comme une anguille, courait ouvrir la fenêtre et menaçait de lancer la chaussette dans la rue. Bénédicte sautait à terre, se jetait sur elle, lui enlaçait la taille et se mettait à lui chatouiller l'estomac. Ces bagarres s'achevaient par des fous rires qui les laissaient étalées, pantelantes, sur le carrelage.

Aux repas, qu'elles prenaient seules dans le réfectoire abandonné, à la table la plus proche de la cuisine, dans l'odeur de graisse rance qui semblait plus âcre encore que d'habitude, elles avaient, en guise de compensation, le droit de parler, ce dont elles ne se privaient pas car elles étaient l'une et l'autre très bavardes et trouvaient toujours des choses à se raconter. Et puis, elles se jouaient de plus en plus souvent les scènes d'un théâtre imaginaire. Elles s'étaient inventé des rôles puisés dans leurs lectures : l'une devenait le Prince Éric du *Bracelet de vermeil*, l'autre son ami Christian ; elles s'appelaient en secret par ces noms, se les chuchotaient à l'oreille ou même les mimaient du bout des lèvres quand le danger d'être découvertes leur semblait pressant. Elles s'écrivaient, en utilisant un alphabet secret dont l'élaboration leur avait demandé des heures, des messages qu'elles roulaient finement et glissaient dans les fentes de leurs

46

pupitres. Elles allaient jusqu'à correspondre, du bout des ongles, en morse, dont elles avaient appris les éléments dans un manuel destiné aux scouts.

Le lundi matin, lorsque débarquait la foule bruyante de leurs condisciples, elles se frottaient les yeux comme si elles s'éveillaient d'un rêve. Avec les élèves, entraient les bruits de la guerre. En ces années 42-43, Bordeaux était sous la botte, plus encore peut-être qu'aucune autre ville occupée, à cause de sa position stratégique. Le camp de Mérignac avait à peine le temps de déverser ses occupants dans les camions bâchés qui les conduisaient à la gare, direction Drancy ou Pithiviers avant l'ultime voyage, qu'il voyait affluer d'autres cohortes hâves, en manteaux marqués ou non de l'étoile jaune. Expéditions punitives, rafles, arrestations massives de résistants se succédaient. Le fort du Hâ ne désemplissait pas. Toutes les filles avaient des parents, des relations dans le maquis ou la Milice. Elles répétaient, en les enjolivant de détails macabres, les récits entendus à la table familiale : des histoires de cadavres retrouvés égorgés, d'otages torturés, pendus ou fusillés. Elles se les chuchotaient aux récréations, par petits groupes, en se tenant par la taille. Les religieuses s'efforçaient de les disperser pour les faire taire, sans succès. Les attroupements se reformaient dès qu'elles tournaient le dos et les bavardages reprenaient, avec des coups d'œil entendus en direction des deux exclues. Au cours de ces conciliabules, Léa voyait parfois Bénédicte pâlir et surprenait dans son regard bleu qui se délavait des expressions égarées.

L'envie de l'interroger la tenaillait car elle avait souvent entendu les autres mettre en doute la version du voyage en Amérique, mais, avec une sagesse bien supérieure à son âge, elle s'en abstenait. Elle arrachait son amie à sa transe en la tirant par sa jupe pour lui faire admirer ses progrès à la marelle ou à la corde à sauter.

En effet, si les deux filles s'absorbaient sans retenue dans leur existence rêvée, surtout pendant ces journées comme suspendues hors du temps qu'elles passaient seules, elles n'abordaient jamais les secrets de leur vie réelle. Elles ne se confiaient ni ne se mentaient l'une à l'autre. Les vantardises concernant ses parents dont Léa accablait ses compagnes, luxe de détails sur son lit à baldaquin dans sa chambre, à Paris, sur les robinets en or de la salle de bains, sur ses robes, ses jouets – sa maison de poupées, ses dînettes, sa boîte de perles pour enfiler des colliers –, et que les petites provinciales écoutaient bouche bée sans pouvoir s'empêcher d'y croire un peu, elle ne les débitait jamais en présence de Bénédicte. Elle ne lui montrait pas non plus le petit carnet qu'elle cachait sous son oreiller et dans lequel elle consignait les anecdotes qu'elle raconterait à son père et à sa mère quand ils reviendraient : mauvais tours joués à ses camarades, cahiers déchirés, bonbons volés, brimades que les autres lui faisaient subir, cheveux tirés, insultes comme ce surnom de « Bébé Cadum » qu'on lui jetait constamment à la figure et qui lui faisait sortir ses griffes.

Car cette maturité dont Léa témoignait dans ses rapports avec Bénédicte, elle n'en montrait aucun signe dans la vie courante. Elle passait même toutes les bornes de l'indiscipline. Les zéros fleurissaient sur ses billets de conduite. Elle grimpait sur son pupitre en classe, faisait le clown, secouait le chiffon à craie sur la tête de ses voisines qui se levaient en glapissant. Hirsute, le nez toujours taché d'encre violette, le tablier déchiré, le col de travers, elle avait l'air d'un diable et les religieuses se signaient subrepticement en la regardant. Elle répondait avec insolence à ses professeurs, se laissait traîner au coin comme une bûche, se couchait par terre, les jambes repliées pour exhiber sa culotte. Sœur Saint-Gabriel la convoquait dans son bureau et la tançait avec sévérité mais la menace de montrer les bulletins à ses parents ne pouvait guère s'appliquer à elle. Pas davantage celle des privations de promenade ou des retenues puisqu'elle ne sortait jamais. Après le bâton, la bonne sœur avait souvent recours à la carotte, celle du retour des parents et de leur plaisir prévisible à la découverte d'une petite fille grandie en âge et en sagesse, mais elle se heurtait à un regard glacé et à la sempiternelle réplique : « Quand mes parents reviendront, ils vous tueront. » Après une condamnation aux chapelets récités à genoux, la coupable boulant les paroles comme un perroquet saisi de boisson, elle la laissait repartir et restait assise à contempler la porte refermée. Que faire de cette enfant ingouvernable pour laquelle elle se damnait peut-être en détournant à son avantage les tickets d'alimentation de ses camarades, pour qui ses sœurs avaient tricoté à grand-peine, avec des bouts de laine récupérés sur de vieux chandails troués, une paire de gants et des chaussettes à l'occasion de son anniversaire, et qui ne manifestait pas pour autant une ombre de reconnaissance ? En outre, la réfractaire ne cessait de disparaître. Elle connaissait à présent le pensionnat comme sa poche et s'escamotait elle-même avec une adresse de prestidigitateur pour passer des journées entières dissimulée dans un placard ou dans un recoin quelconque avec un livre. Ses cachettes, Bénédicte était seule à les connaître mais elle ne la trahissait jamais.

On avait renoncé à la faire participer à certaines activités. Par exemple, aux séances de gymnastique rythmique recommandées par le ministre de l'Éducation nationale, Abel Bonnard, comme étant plus convenables pour les filles que l'athlétisme et plus propres à développer leur sens de l'esthétique et leur grâce. Au milieu des élèves en tuniques courtes sur des jambes trop grasses ou trop maigres, qui agitaient mollement des foulards en mousseline de couleur, tandis qu'une religieuse au piano s'efforçait de donner la cadence, Léa confondait sa droite et sa gauche, faisait un pas en avant quand il aurait fallu le faire en arrière, bref, semait le désordre. On dut même lui interdire de chanter dans le chœur : non seulement elle détonnait mais elle le faisait d'une voix si forte, avec tant d'assurance, que tout le monde finissait par dérailler.

Au printemps 1943 cependant, peu après ses six ans,

une grave question se posa : fallait-il la laisser faire sa communion privée, ou plutôt l'y inciter, car elle n'en exprimait nullement le désir ? Elle connaissait par cœur son catéchisme mais ne cessait de poser des questions qui, dans la bouche d'une personne plus âgée, auraient pu passer pour des provocations et des blasphèmes. Que faisait Dieu pendant cette guerre ? Était-il aveugle ou en vacances ? Si le Christ était son fils, pourquoi l'avait-il laissé mourir ? Ses questions lancées d'une petite voix flûtée, sans autorisation préalable, arrachaient aux élèves des exclamations horrifiées ou des gloussements de rire. La bonne sœur responsable du cours n'essayait même pas de lui répondre. Elle la mettait à la porte et peinait ensuite à ramener le calme dans une classe que Léa avait le don de dissiper. Pour ajouter à tous ses défauts, cette petite se pavanait au milieu des autres comme en pays conquis. On la craignait malgré son âge : quand elle ne se vengeait pas d'une méchanceté par de mauvaises plaisanteries ou des moqueries, elle piquait des crises de nerfs si violentes que les bonnes sœurs s'affolaient et punissaient plus souvent qu'à leur tour celles qui les avaient provoquées.

La ténacité avec laquelle elle insista, au mois de mai, pour accompagner ses camarades à la cathédrale où monseigneur Feltin devait célébrer en grande pompe la fête de sainte Jeanne d'Arc fut interprétée comme une première lueur d'attirance pour la religion. On la soupçonna bien d'être plus intéressée par le panier orné de deux rubans bleu ciel que les élèves devaient porter au cou et qui contenait des pétales de roses à lancer sur le chemin de la procession que par le sermon de l'archevêque, mais on finit par céder. Sœur Saint-Gabriel donna à sœur Marthe la consigne secrète de la dissimuler au milieu de ses compagnes et de ne pas la quitter des yeux. La religieuse put témoigner au retour que la fillette avait lancé ses pétales et chanté ses cantiques avec une belle énergie, sans, pour une fois, se faire remarquer par une sottise ou un caprice. Elle avait remonté bravement tout le cours de la Marne jusqu'à la porte d'Aquitaine, puis suivi ses compagnes dans les petites rues du centre, si bien pavoisées qu'on n'en remarquait plus les vitrines vides, sans essayer de s'esquiver. Le cortège, étendard en tête, avait fait, en récitant les litanies, le tour de l'hôpital Saint-André, d'ailleurs discrètement vidé la veille dans l'indifférence générale de onze malades juifs âgés arrachés à leurs lits et expédiés à Mérignac. Ensuite les élèves, réunies aux autres enfants des institutions religieuses, avaient pu assister à la cérémonie dans les premiers rangs. Léa semblait aussi captivée que les autres par les ors et les pourpres des officiants et de leurs acolytes, par la musique tonitruante de l'orgue et les nuées d'encens. Elle eut le même regard attentif sur le chemin du retour pour les officiers en uniforme noir, le col brodé d'un double S en argent, le revolver à la ceinture, qui déambulaient en riant sur les trottoirs.

On choisit de prendre sa fascination pour de la ferveur et l'on opta pour la communion : recevoir la sainte hostie ne pouvait que la fortifier dans ces bonnes intentions qu'on lui prêtait avec générosité. Encore fallait-il habiller Léa. Après réflexion, sœur Marthe décrocha d'une fenêtre un rideau de mousseline qu'elle blanchit à l'eau de Javel et y tailla une robe. Des mères sollicitées fournirent chaussettes, chaussures et gants blancs à la petite réfugiée. Quant à la couronne, les églantines d'un jardin y pourvurent. «Tu as l'air d'un pruneau dans un bol de crème Chantilly», lui lança bien l'une de ses ennemies, qui fut aussitôt punie, mais Léa prit d'autant plus de plaisir à la fête qu'elle en était la seule vedette, les autres élèves ayant déjà franchi depuis longtemps cette étape. On la dorlota, on la félicita, on lui fit des cadeaux, dont un plumier qui figurait le bâton du maréchal Pétain, et, si la journée fut finalement gâchée, ce ne fut pas cette fois à cause d'un écart de conduite mais parce qu'une guêpe se laissa séduire par les fleurs de la couronne et piqua Léa au front.

Dans la nuit, les Alliés, profitant d'un ciel clair, noyèrent Bordeaux sous un déluge de bombes. La base sous-marine, très éloignée puisque située au nord des Quinconces, fut la plus touchée, mais il restait assez de munitions dans les soutes des forteresses volantes pour arroser la gare Saint-Jean et l'École de santé navale, voisines du pensionnat. Ce n'était pas le premier bombardement, loin de là. Le soir en question, il survint bien après l'heure du coucher, alors que les filles à genoux au pied de leur lit avaient depuis longtemps récité la prière que, par prudence, on leur faisait dire tous les soirs, au cas où le couvent serait enseveli sans avertissement sous les bombes : « Mon Dieu, si je meurs pendant la nuit, pardonnez-moi mes péchés et accueillez-moi dans Votre saint paradis. »

Les élèves avaient pour consigne, dès que les réveillait le premier beuglement de la sirène, d'arracher leur couverture à leur lit, de s'en envelopper et de quitter le dortoir en bon ordre, chaque fillette plus âgée tenant la main d'une autre plus jeune. Le pire était de traverser la cour qui séparait le bâtiment de l'abri, sous un ciel noir strié par les fuseaux blancs de la DCA, brutalement éclairé par les déflagrations, dans le vacarme des explosions et le grondement des bombardiers, basse trépidante qui se muait en hurlements aigus lorsque les chasseurs descendaient en piqués sur la ville. Des incendies éclataient partout. L'air sentait la poudre et le brûlé.

La file des élèves, qui ressemblaient à autant de fantômes sous leurs couvertures claires, s'engouffrait, comme engloutie par le sol, dans l'escalier dont les marches taillées à même la terre étaient bordées de bûches pour éviter qu'elles ne s'effondrent. Tout le monde se pressait au fond du goulet humide dont on claquait la porte de planches qui se refermait en grinçant. Les amies se regroupaient et, bien sûr, Léa se serrait contre Bénédicte. Elles s'asseyaient sur des bancs alignés le long des parois de rondins ou à même la terre glacée, vaguement protégée par des lambeaux de bâche. Pendant que les bonnes sœurs égrenaient leur chapelet en récitant les « Je vous salue, Marie » d'une voix tremblante, elles enrichissaient le feuilleton de leurs vies imaginaires. Éric et Christian, qui avaient rejoint Londres, sautaient en parachute sur la France occupée. Arrêtés, torturés chacun dans sa cave, ils ne parlaient pas et, prêts à avaler leur pilule de cyanure pour ne pas risquer de dénoncer leur ami, ils étaient sauvés à la dernière seconde par un bombardement qui détruisait les locaux de la Kommandantur en n'épargnant qu'eux. Ils tombaient dans les bras l'un de l'autre et repartaient aussitôt pour de nouvelles aventures.

Cette nuit-là, les épisodes eurent tout loisir de se multiplier : il fallut attendre très longtemps les sirènes qui annonçaient la fin de l'alerte. A un moment, des explosions en chaîne, assourdissantes, secouèrent l'abri au point que des rondins se détachèrent des murs. Le sol oscillait et craquait. De la fumée s'introduisit par les interstices et tout le monde se mit à tousser. Les religieuses demandèrent à leurs ouailles de s'agenouiller et récitèrent la prière des morts. « De profundis, clamavi ad te, domine. » En l'absence de l'aumônier, sœur Saint-Gabriel prit sur elle de les bénir. Elle n'en était plus à un manquement près. Impressionnées par la gravité de l'heure, celles qui hurlaient en appelant leur mère se turent. Bénédicte attira Léa sous sa couverture qu'elle rabattit sur leurs deux têtes et lui dit de fermer les yeux. Puis le tonnerre se tut et le vrombissement des bombardiers qui s'éloignaient fit de nouveau trembler les murs. Vinrent les sirènes libératrices mais personne n'osait encore y croire. Leur succéda un long silence, que rompit une série de coups de poing assénés à la porte de l'abri et d'appels. Sœur Saint-Gabriel ouvrit avec précaution : c'étaient des voisins venus s'assurer que les enfants et leurs professeurs étaient encore en vie. Elle fit, à titre exceptionnel, ouvrir le réfectoire et les filles purent déguster, à la lueur des bougies, un ersatz à base de pissenlits et de glands sucré à la saccharine. Elle alla même jusqu'à déboucher une précieuse bouteille de rhum qu'elle conservait depuis des années dans sa pharmacie pour en verser une goutte dans chaque bol. Les visages étaient très pâles et les yeux rougis sous cet éclairage grand-guignolesque.

Le lendemain matin, on laissa les élèves dormir plus tard que d'habitude. Quand sœur Marthe vint les réveiller, elle constata l'absence de Léa et de Bénédicte. Après avoir fouillé anxieusement le pensionnat car on se demandait si, dans la panique de la nuit, elles ne s'étaient pas enfuies, on les retrouva dans les toilettes. Juchées sur la cuvette des w.-c., elles se hissaient sur la pointe des pieds pour regarder par la lucarne. Atteint de plein fouet par une bombe, l'immeuble d'en face ne présentait plus qu'un mur déchiqueté. Un rideau à moitié arraché, pendant à l'extérieur de l'unique fenêtre encore en place, battait dans le vent. Les décombres s'entassaient jusqu'à mi-hauteur de la porte. Des fumerolles s'en échappaient encore. Un camion bâché, rempli de morts dont bras et jambes dépassaient de la ridelle, tentait de se frayer un chemin au milieu des gravats. Des infirmiers en blouse blanche brodée dans le dos d'une croix rouge dépliaient leurs civières. Des officiers allemands contemplaient la scène en tapotant leurs bottes du bout de leur cravache. De vieilles femmes égarées fouillaient machinalement les pierres. L'une d'elles se redressa en serrant sur son cœur une casserole cabossée.

Sœur Marthe tira sur les chemises des deux filles pour les faire descendre de leur perchoir. Elles se retournèrent d'un seul mouvement et la regardèrent avec surprise, comme si la réalité s'était inversée pendant la nuit et que cette apparition en longue robe noire et cornette d'où pas un cheveu ne dépassait figurait l'irruption du fantastique dans un univers où le désastre avait pris possession du quotidien. A peine redescendues à terre, elles se prirent spontanément par la main. Pas un mot ne fut échangé. La religieuse ne les punit pas et se borna à leur indiquer d'un geste la direction du dortoir.

Chapitre 4

Les bombardements, en se multipliant, vidèrent encore davantage le pensionnat, qui n'était déjà pas bien rempli. Les autorités locales préconisaient les évacuations d'enfants. Un certain nombre de fillettes partirent en groupe dans un château réquisitionné en Vendée. D'autres furent reprises par leurs familles. Était-il possible d'organiser aussi le départ de Léa? Sœur Marthe aurait pu, à la rigueur, lui obtenir de faux papiers par l'intermédiaire des camarades de son frère, dont nul ne savait ce qu'il était devenu. Leur nombre, pourtant, se raréfiait, tant le filet se resserrait sur la Résistance, victime d'une hécatombe: à la suite d'imprudences, d'infiltrations, de probables trahisons, on arrêtait, torturait, fusillait, massacrait de plus belle, à Bordeaux et dans les environs. Sœur Saint-Gabriel y songea pendant quelque temps: on lui avait fait savoir que la police, sous les ordres de la Feldkommandantur, traquait impitoyablement les derniers Juifs de la ville. Elle tremblait à chaque coup de sonnette et avait aménagé en secret dans un placard, derrière une cloison déplacée, une cachette où elle pensait enfermer la petite si le pire arrivait.

Après les hôpitaux, en effet, on visitait les maisons de retraite et surtout les institutions religieuses, particulièrement surveillées et sujettes à toutes les brimades depuis que le Grand Rabbin en personne avait échappé de justesse à l'arrestation et trouvé refuge à l'archevêché. Sœur Saint-Gabriel, qui, bien souvent, se laissait aller à rêver du jour où elle serait débarrassée de Léa, eut honte d'elle-même en apprenant cet événement. Elle se morigéna : il fallait garder à tout prix cette enfant, aussi épuisante fût-elle. S'il lui arrivait quelque chose à l'extérieur du pensionnat, elle ne se le pardonnerait jamais. D'autant que des bruits alarmants couraient sur le destin des déportés. On commençait à se demander pourquoi aucun d'entre eux ne donnait signe de vie, du fond de la lointaine Pologne. Pas un Bordelais n'avait reçu des disparus fût-ce une seule de ces cartes postales pré-imprimées qui prévoyaient toutes les situations possibles – « Untel est en bonne santé... légèrement... gravement malade... blessé... décédé... prisonnier... a été tué (biffez les indications inutiles) » – et se terminaient, comme sur un accès de faiblesse du censeur pensant à la femme qui apprendrait en ces termes succincts la mort de son mari ou de son fils, par « Affectueuses pensées. Baisers ». Si l'une de ces missives parvenait de temps à autre à une famille de résistant, le plus lourd des silences pesait sur les Juifs. Pourtant, même d'un camp de concentration aux conditions plus dures qu'ailleurs, disait-on, comme cet Auschwitz au nom imprononçable où on les expédiait en priorité, des nouvelles auraient dû filtrer. Il n'y avait pas d'exemple que des geôliers fussent assez inhumains pour interdire jusqu'aux échanges de courrier dans un lieu de détention. Ou alors, la Croix-Rouge serait intervenue. C'était à n'y rien comprendre.

Un jour, l'aumônier, à qui sœur Saint-Gabriel, plus peut-être par superstition que par méfiance, n'avait finalement rien dit de Léa et de sa véritable identité ni, par voie de conséquence, des entorses aux règles de la morale que sa présence lui imposait, la retint après la messe et l'entraîna dans le vestiaire qui lui servait de sacristie.

– Votre jeune élève, la petite Léa, que j'ai en confession depuis que je lui ai fait préparer sa communion privée, savez-vous qu'elle m'inquiète, ma sœur ? Ce n'est pas trahir un secret que de vous avertir. Non seulement elle ne se découvre jamais un seul péché, en dépit de toutes mes suggestions, pas une désobéissance, un manquement à la franchise ou à la charité, pas même une mauvaise pensée, mais elle passe le quart d'heure hebdomadaire que je lui consacre dans le confessionnal à me parler de ses parents, qui sont, je crois, absents. Des gens très riches, d'après elle ?

Sœur Saint-Gabriel, suffoquée par le toupet de la gamine et par sa témérité, masqua son désarroi par une quinte de toux, décida en un éclair à la fois de garder la vérité pour elle et de passer la nuit à genoux dans sa cellule pour se faire pardonner son mensonge.

– C'est une petite fille très romanesque, un peu trop imaginative peut-être, même si elle pense ne jamais mentir. Ses parents sont des commerçants parisiens aisés, me semble-t-il, et qui, d'ailleurs, paient régulièrement sa pension, mais sans plus. Ils nous l'ont confiée parce qu'ils ont trop de problèmes en ces temps difficiles pour s'occuper d'elle après l'école et aussi, bien sûr, parce qu'ils souhaitent lui assurer une solide éducation religieuse. C'est l'une de nos anciennes élèves qui leur a recommandé notre pensionnat.

– Ah bon, dit le prêtre. Je préfère ça. A l'entendre décrire son cadre de vie, à Paris, j'imaginais presque l'appartement fastueux d'un de ces Israélites richissimes qui ont attiré le malheur sur la tête de leurs congénères. Je vais au moins pouvoir lui mettre le nez dans le péché de vanité, à défaut d'autre chose. Elle est si sage que ça ?

– Un peu indisciplinée, parfois, bavarde, comme vous avez pu le constater, mais rien d'étonnant à cela étant donné son jeune âge. Un bon petit cœur, une vraie piété depuis sa communion privée. Interrogez-la un jour sur son catéchisme, vous verrez.

Sœur Saint-Gabriel savait ne courir aucun risque en faisant cette suggestion. Il suffisait d'offrir à Léa l'occasion de briller pour obtenir d'elle n'importe quoi : non seulement toutes les réponses du catéchisme, mais, sans une faute, la liste des chefs-lieux et des capitales, la table de multiplication, les grandes dates de l'histoire de France et, au complet, les poésies qu'elle avait entendu les grandes réciter depuis son arrivée au pensionnat. Si elle écrivait mal, tachait ses cahiers et les malmenait au point qu'à plusieurs reprises on les lui avait épinglés dans le dos pour que les autres élèves tournent autour d'elle à la récréation et la ramènent à plus d'humilité (elles lui faisaient effectivement les cornes, mais Léa, pivotant sur elle-même pour affronter la meute, répondait par des pieds de nez), il fallait avouer qu'elle n'était pas sotte.

Ce que sœur Saint-Gabriel ignorait, c'est que ce luxe de détails sur son existence antérieure était dû à l'amnésie progressive qui s'installait dans la tête de Léa. Plus ses souvenirs s'effaçaient et plus elle s'en inventait. Elle ne l'aurait avoué pour rien au monde, pas même à Bénédicte, mais le visage de ses parents s'estompait dans sa mémoire et ne lui apparaissait plus que par bribes, le soir, entre veille et sommeil. Il lui arrivait encore, lorsque sa vigilance faiblissait et que ses paupières s'abaissaient, de revoir sa mère en robe du soir, brune et radieuse, son père en smoking, nœud papillon noir et plastron blanc, un cigare entre deux doigts, penchés sur son lit dans sa chambre du boulevard des Invalides, et, derrière eux, sa grosse nourrice souriante qui attendait leur départ. Dès qu'elle essayait de les saisir, ils s'échappaient. Elle fermait très fort les yeux, s'efforçait de faire le vide dans sa tête, mais ils ne revenaient pas. Alors elle reprenait son pouce, qu'elle tétait bruyamment au risque de s'attirer les foudres de sa voisine réveillée. Quand elle s'endormait enfin, elle faisait toujours le même rêve : elle se trouvait au milieu d'une foule agglutinée dans une pièce nue. Au plafond, un globe électrique suspendu à une chaîne virait au rouge, se balançait de plus en plus vite et, à chaque oscillation, tuait quelqu'un. Elle se faufilait à grand-peine entre ces jambes d'adultes pour atteindre la porte mais, quand elle parvenait à l'ouvrir, un serpent dressé lui sifflait au visage.

C'était le lendemain de ces réminiscences nocturnes et de ces cauchemars qu'elle se lançait dans une débauche de détails sur les toilettes de sa mère, sur l'automobile de son père, sur les fêtes qu'ils donnaient à Paris. Elle recommença même à esquisser devant les adultes, religieuses comprises, une petite révérence pataude qu'elle faisait à son arrivée et à laquelle elle avait renoncé devant les sarcasmes de ses compagnes.

Celles-ci s'en voulaient d'autant plus d'écouter, pendues à ses lèvres, certaines de ses divagations que le contraste était saisissant entre les descriptions de cette vie mondaine si élégante, attribuée par Léa à ses parents, et le spectacle ridicule de la narratrice elle-même, fagotée à la va-comme-je-te-pousse dans des tabliers trop grands pour elle, serrés par une ceinture tire-bouchonnée qui en distribuait inégalement les pans sur des chaussettes en accordéon. La chevelure de Léa, surtout, restait impossible à domestiquer. Les après-midi d'épouillage, dont les séances avaient lieu chaque semaine, dans la cour par beau temps ou sous le préau les jours de pluie, on plaçait la petite en bout de file. Passer le peigne fin dans les cheveux lisses de ses compagnes était un jeu d'enfant par rapport à la corvée qui consistait à démêler cette tignasse crépue, pleine de nœuds d'autant plus serrés qu'on n'arrivait jamais à la débarrasser entièrement de ses lentes et que sa propriétaire ne cessait de se gratter. Les autres élèves renvoyées à leurs jeux, la religieuse qui officiait poussait un grand soupir, installait Léa sur une chaise, lui étalait une serviette sur les épaules, et s'attaquait au démêlage, qui durait des heures. La victime gigotait, braillait, se couvrait la tête des deux mains, pleurait, reniflait. Le bourreau commençait par la brosse, suivie du peigne à grosses dents, puis du peigne fin, coupait à la dérobée des mèches inextricables. Pour calmer Léa en lui démontrant la nécessité de l'opération, elle lui exhibait de temps en temps un pou particulièrement gras, qu'elle tenait entre le pouce et l'index. Ensuite, elle lui lavait les cheveux avec un produit qui empestait le pétrole, les lui rinçait au vinaigre et les saupoudrait de Marie-Rose. Léa, enfin libérée mais puante et la chevelure prématurément blanchie, allait, en essuyant ses larmes et sa morve du revers de ses mains sales, rejoindre les autres qui s'éloignaient en courant, se regroupaient à plusieurs mètres de distance et la montraient du doigt en scandant : « Oh, la pouilleuse ! Oh, la pouilleuse ! » Même Bénédicte, qui, certes, ne se joignait pas au chœur, ne pouvait maîtriser un mouvement de recul.

Ce fut un soir du début 44 que sœur Marthe apprit, par ses relations à la mairie, l'imminence de la fouille tant redoutée. Sœur Saint-Gabriel n'attendit pas davantage pour courir réveiller Léa. On avait regroupé les quelques internes restantes dans un autre dortoir et laissé seules dans celui-ci Bénédicte et elle, en prévision justement d'une telle éventualité. La fillette était dans son premier sommeil. Elle se mit à geindre en se frottant les yeux. Alertée par le bruit, son amie se redressa dans son lit. La religieuse eut une inspiration. Elle pensa qu'il lui serait difficile d'expliquer la présence de cette unique élève après avoir fait disparaître Léa et que le plus sûr était de les escamoter toutes les deux. Autant dire la vérité à l'aînée, qui avait souvent fait la preuve de sa maturité, et lui demander son aide.

– Bénédicte, dit-elle à voix basse. La police arrive pour fouiller le pensionnat. Il ne faut pas qu'elle trouve Léa. J'ai préparé une cachette. Votre camarade aurait moins peur si vous y alliez avec elle. Vous êtes d'accord ?

Les yeux bleus acquiescèrent avec gravité. La courte chevelure noire dont les plis reprenaient toujours harmonieusement leur place après avoir été dérangés s'inclina. Bénédicte balança les jambes et sauta du lit. Tout à fait réveillée à présent, Léa, imitant son aînée, ramassa son peignoir et ses pantoufles. La religieuse ne leur laissa pas le temps de les enfiler. Elle se saisit des deux couvertures qu'elle fourra sous son bras, entraîna les filles sur le palier et leur fit descendre l'escalier à la lueur de sa torche électrique qui découpait des flaques de lumière vacillante dans le noir absolu. Les marches de pierre étaient glacées sous les pieds nus. L'odeur de moisi piquait le nez. Dans ce silence de caverne, les murs et le plafond semblaient avoir reculé.

Au grand étonnement de la religieuse, Léa et Bénédicte filèrent tout droit, sans qu'elle eût besoin de les guider, vers le placard pourtant aménagé en si grand secret au fond de la petite pièce qui servait de réserve. Elles y entrèrent spontanément et s'installèrent, après avoir enfilé leur peignoir et leurs pantoufles, sur l'édredon déjà tassé par terre. Sœur Saint-Gabriel leur donna les couvertures dont elles s'enveloppèrent. Elle leur montra le paquet de biscuits, les figues séchées et les bouteilles d'eau préparés. Avant de refermer la fausse cloison, elle braqua sur leurs visages la torche électrique : deux yeux bleus calmes et clairs, deux yeux noirs terrifiés sous la masse de cheveux frisés lui rendirent son regard. La fière Léa avait retrouvé son âge : six ans. Voyant qu'on allait les laisser seules dans le noir, elle fit la moue comme une enfant qui s'apprête à pleurer. Bénédicte lui plaqua la main sur la bouche.

– Ne vous inquiétez pas, ma sœur, souffla-t-elle. Je m'occupe d'elle.

La religieuse leur traça à toutes deux un signe de croix sur le front.

– Priez, mes enfants, leur dit-elle. Votre ange gardien est avec vous pour vous protéger.

Après avoir fait coulisser la cloison, elle resta quelques secondes immobile, l'oreille tendue. La voix douce de Bénédicte se mit à chuchoter.

– Alors Éric et Christian auraient décidé d'aller délivrer leurs camarades, qui seraient en prison au fort du Hâ, entendit-elle. Ils se seraient cachés tous les deux dans le coffre de la voiture d'un officier allemand. Le voyage aurait duré longtemps mais ils avaient de l'eau et des vivres...

Elle n'en écouta pas davantage, ferma la porte et courut au dortoir où elle eut tout juste le temps de refaire les lits, d'ôter les vêtements posés sur les chaises et de vider les tables de nuit avant le coup de sonnette fatidique. La suite prouva qu'elle ne s'était pas inquiétée pour rien. Les agents de police, accompagnés de l'inévitable milicien, par bonheur différent du premier, lui exposèrent avec courtoisie mais fermeté qu'ils étaient à la recherche d'une certaine Léa Lévy, âgée de six ou sept ans. Elle avait échappé à une rafle, près de dix-huit mois auparavant. Les lenteurs administratives expliquaient que son existence n'eût pas été signalée plus tôt mais la vérification des registres parisiens, celle des listes d'entrée à Drancy prouvaient qu'elle n'avait pas été arrêtée en même temps que ses parents, lesquels s'étaient fait prendre à Bordeaux. Sœur Saint-Gabriel écouta cette histoire sans manifester un grand intérêt, expliqua qu'il ne restait plus qu'une quinzaine d'enfants au pensionnat, ouvrit le seul dortoir encore à moitié rempli, laissa les policiers compter les lits occupés et les conduisit dans son bureau sur le mur duquel le visage moustachu du vieux Maréchal respirait la franchise et la bonté. Elle leur montra ses livres, d'ailleurs fort bien tenus, en expliquant l'absence de Bénédicte par un séjour dans

67

sa famille consécutif à une maladie. Ses papiers étaient en règle, l'âge ne correspondait pas, on ne pouvait la confondre avec Léa. Les visiteurs poussèrent sans conviction quelques portes, fouillèrent quelques tiroirs et partirent avec des excuses. Lorsque sœur Saint-Gabriel alla délivrer les enfants, elle les trouva endormies. La tête de la petite reposait sur les genoux de l'aînée.

Léa eut droit pour ses sept ans, en mars 44, à un jeu d'osselets, à une corde à sauter neuve et à une orange qu'elle partagea avec Bénédicte. Ses carnets de notes étaient d'une désolante monotonie. Exactitude, dix sur dix. Assistance aux offices, dix. Propreté, ordre, tenue, zéro. Politesse, deux. Conduite, zéro. Application au travail, dix. Leçons, dix. Devoirs, dix. Sœur Saint-Gabriel profita de l'occasion pour lui faire un petit sermon. Mais Léa interprétait à sa manière le fait qu'elle eût à présent l'âge de raison. Déjà insolente, elle devenait raisonneuse. A tous les arguments que la religieuse invoquait pour que son comportement se calquât sur sa réussite scolaire elle trouvait une parade. Piété : « M. l'aumônier dit que je suis très sage et que le bon Dieu doit être content de moi. » Désir d'imiter son amie, dont la gentillesse et la discrétion faisaient l'admiration générale : « Bénédicte s'ennuie avec les autres. Elle ne s'amuse qu'avec moi, même si j'ai deux ans de moins qu'elle. » Reconnaissance : « Mes parents sont très riches. Je leur dirai de vous donner beaucoup d'argent quand ils rentreront. Vous pourrez repeindre les murs de la pension et acheter des uniformes pour les petites filles pauvres. »

Que ce retour fût proche ne paraissait d'ailleurs plus tout à fait impossible. Aux défaites allemandes sur le front de l'Est, évidentes malgré la propagande, succédaient des rumeurs de plus en plus insistantes sur un futur débarquement des troupes alliées. En prévision, peut-être, de cet événement, la résistance bordelaise rassembla ses maigres forces et réussit quelques beaux sabotages : neuf locomotives sautèrent à Pessac, des pylônes à haute tension s'abattirent près d'Arcachon, des ponts et des voies ferrées furent coupés. Il y eut à Saint-André-de-Cubzac, sur la nationale 137, une vraie bataille rangée qui fit cent soixante-deux morts chez les Allemands et quatorze seulement chez les résistants. Sœur Saint-Gabriel courait tous les soirs s'enfermer dans son bureau avec sœur Marthe. Les deux religieuses relevaient leur cornette pour mieux entendre, au milieu d'un brouillage infernal, « Les Français parlent aux Français » sur leur vieux poste à galène. On les entendait même fredonner en souriant : « Radio-Paris ment, Radio-Paris ment, Radio-Paris est allemand. »

Léa et Bénédicte étaient si excitées qu'elles ne pouvaient même plus fixer leur attention sur un livre. Le 6 juin, sœur Saint-Gabriel, prise de pitié, les fit descendre en cachette des autres, pour leur permettre d'écouter avec elle la voix exaltée qui commenta le débarquement de Normandie avant de revenir à la litanie habituelle de phrases incompréhensibles : « Le potiron est dans la marmite » ou « Philémon réclame six bouteilles de sauternes ». Éric et Christian, engagés dans les Forces françaises libres, aussitôt promus l'un général, l'autre colonel, sautèrent sur Sainte-Mère-Église avec leurs troupes, s'emparèrent de chars ennemis, défoncèrent à coups de canon tout ce qui s'opposait à leur marche triomphale, et tuèrent des milliers d'Allemands : ils ne faisaient pas de quartier, même pas de prisonniers. Ils entreraient dans Paris juste derrière le général Leclerc le 25 août 1944.

A cette date, la pension était entièrement vidée de ses élèves depuis la fin juin à l'exception des deux filles. Amaigries, énervées par l'attente et la chaleur, les pommettes rougies, elles ne tenaient pas en place, galopaient dans les escaliers et les couloirs, n'arrivaient pas à rester assises plus de deux minutes sur leurs chaises quand on essayait de les astreindre à quelque corvée d'épluchage ou de couture. Elles se grattaient constamment entre les doigts envahis par la gale. Elles avaient perdu tout appétit, alors même que les provisions apportées en guise de remerciements par les familles venues chercher les autres élèves auraient permis de commencer à les nourrir un peu mieux. Le beurre et la confiture avaient fait leur réapparition au goûter. Elles n'y touchaient ni l'une ni l'autre. Léa alternait crises de bavardages incoercibles, toujours consacrés au retour de ses parents, et longs silences qui ne lui ressemblaient pas.

Malgré leurs supplications, sœur Saint-Gabriel refusait de les laisser l'accompagner lors de ses brèves sorties à l'extérieur de la pension. Non qu'elle craignît que l'identité de Léa ne fût percée à jour. Les Allemands, les collaborateurs, les miliciens avaient à présent bien d'autres soucis en tête que l'arrestation d'une petite fille juive. Mais, justement, dans les rues de Bordeaux, que l'occupant avait déclaré vouloir défendre jusqu'au bout, l'atmosphère était telle qu'on tirait pour un oui ou pour un non. Les soldats creusaient dans les rues des fossés antichars. Des troupes se massaient aux abords du Pont de pierre, seule voie d'accès à la rive droite. Un blockhaus rempli de dynamite et de munitions sauta. Dans le port, explosaient l'un après l'autre les navires sabordés qui coulaient lentement.

Enfin, dans la deuxième quinzaine d'août, le signal du départ fut donné. Les Bordelais regardèrent à travers les fentes de leurs persiennes closes passer les Allemands en déroute. Aux premiers camions qui défilaient dans un ordre relatif, succédèrent des véhicules disparates – charrettes tirées par des mules, vieux autobus réquisitionnés, gazogènes hoquetants – remplis de soldats débraillés qui surveillaient les fenêtres des immeubles, le fusil à l'épaule. L'exode recommençait, vers l'est cette fois. Mais la guerre continuait à faire rage dans les environs, en particulier dans la poche de Royan que l'ennemi voulait tenir coûte que coûte. Des colonnes allemandes lançaient des expéditions punitives, brûlaient des villages, pendaient, fusillaient, éventraient hommes, femmes et enfants. La ville, presque vide de ses occupants mais entourée de menace, retenait son souffle dans la

71

lumière dorée de l'été. Les derniers miliciens réglaient leurs comptes avant de décamper. De petits groupes d'hommes faisaient soudain irruption dans les rues vides, tiraient au revolver sur une vitrine, dévastaient un magasin, jetaient boîtes de conserve et cartons dans une automobile dont le moteur tournait et s'enfuyaient.

Les filles choisirent une de ces nuits trop chaudes, dont elles passaient la majeure partie à jacasser et à gigoter sur leur drap tire-bouchonné, pour mettre à exécution un projet d'abord contesté par la plus grande à cause de ses aléas, puis adopté par lassitude impatiente et enfin longuement mûri : quitter le pensionnat pour partir à la recherche de leurs parents. En explorant de jour l'abri où elles étaient si souvent descendues pendant les alertes nocturnes, elles avaient remarqué que le fond en était obstrué par des planches à moitié pourries et mal ajustées, qu'il suffisait de tirer dessus pour en arracher une et que, derrière, se creusait un tunnel dont elles ne doutaient pas qu'il menât à l'extérieur. Elles avaient, en prévision du grand soir, dérobé à sœur Saint-Gabriel sa précieuse lampe Wonder que Léa cachait sous son matelas, et même pris soin de graisser avec un morceau de saindoux les gonds de la porte qui donnait sur la cour.

Cette nuit-là, donc, elles s'habillèrent dans le noir et placèrent leur traversin en long sous leur couverture pour donner l'illusion d'une présence en cas d'inspection. Léa prit la lampe et Bénédicte s'enroula autour du buste, comme une alpiniste, leurs deux cordes à

72

sauter nouées ensemble. Elles descendirent l'escalier de pierre, ombres parmi les ombres peu rassurantes qui hantaient les lieux. La porte poussée sans bruit, elles marquèrent une hésitation sur le seuil. La nuit embaumée semblait accueillante et une brise légère caressa leurs jambes nues mais l'appentis de la sœur jardinière, qu'elles devaient d'abord visiter pour y subtiliser une pioche et une pelle, leur parut très lointain. Elles s'en approchèrent cependant, sur la pointe de leurs sandales, en évitant de remuer les cailloux. Par le battant, elles entrevirent une forêt de formes hérissées parmi lesquelles pouvait bien se tapir un homme ou une bête. Soudain, derrière le mur d'enceinte, retentit une galopade suivie d'une détonation. Elles se regardèrent et, d'un même mouvement, tournèrent les talons. De retour dans le dortoir, elles se déshabillèrent sans pouvoir retenir des reniflements et des larmes de peur.

Le lendemain, 28 août, au petit matin, deux tractions avant, des maquisards armés couchés sur les ailes, entrèrent avec précaution dans la ville muette, barricadée sur elle-même. Une file de voitures et de camions remplis d'hommes dépenaillés, barbus, hurlants, s'engouffra derrière elles. En un clin d'œil, les persiennes s'ouvrirent, des drapeaux tricolores jaillirent de partout, et les rues se remplirent de gens qui pleuraient, chantaient, se ruaient sur les marchepieds pour embrasser les nouveaux arrivants. Les cloches des églises sonnèrent. La folie s'empara de la ville : on envahissait les locaux abandonnés par les Allemands,

73

on jetait par les fenêtres meubles et papiers, des pavés fracassèrent, place Gambetta, la vitrine du café Le Régent, la foule, apparue d'abord par petits groupes hésitants, puis répandue comme une marée sur l'esplanade des Quinconces, se mit à danser et des jeunes gens escaladèrent la colonne des Girondins.

Au pensionnat, Léa et Bénédicte couraient en tous sens comme des guêpes affolées. A midi, des coups furent frappés à la porte cochère. La sonnette écrasée par un poing impatient s'enfonça comme une vrille dans le silence. Sœur Saint-Gabriel se précipita pour ouvrir. Les deux filles suivaient sur ses talons, en se tenant par la main. Quand les battants s'écartèrent, deux formes se dessinèrent, noires dans le soleil aveuglant. Léa fit deux pas en avant. Bénédicte resta immobile. Lorsque les yeux se furent habitués à la lumière, un homme de haute taille, en uniforme d'officier, les cheveux aile-de-corbeau, le brassard tricolore à la manche, et une jeune femme aux grands yeux bleus, en pantalon et blouson, le calot incliné sur la tête, se matérialisèrent sur les vieux pavés de la cour. Bénédicte poussa un cri, lâcha la main de son amie et se jeta dans leurs bras. Léa recula dans l'ombre et porta son pouce à sa bouche.

Chapitre 5

Après cette apparition spectaculaire, les parents de
Bénédicte ne s'emparèrent pas de leur fille pour la
hisser, le front ceint d'une couronne de lauriers, sur
leur char triomphal. Bordeaux libérée, il leur restait
l'Allemagne à conquérir. Repousser les Boches sur
l'autre rive du Rhin et atteindre Berlin risquait de
prendre des mois. Ils passèrent un long moment
enfermés avec elle et sœur Saint-Gabriel à le lui expliquer. Les temps, en outre, étaient trop troublés pour
qu'on lui permît de quitter le pensionnat et d'aller
vivre chez des amis en attendant la fin de la guerre.
Il y avait encore à craindre bien des représailles et
des vengeances de collabos ou de miliciens, prêts à
brûler leurs dernières cartouches avant de s'avouer
vaincus. Et puis, il ne s'en fallait plus que de quelques
semaines avant la rentrée scolaire. Autant demeurer
sur place pour bien entamer l'année. Mais l'argument
qui eut raison de ses protestations et de ses larmes, ce
fut la religieuse qui le trouva : les parents de Léa, eux,
n'étaient pas encore rentrés, peut-être ne les reverrait-

on pas avant longtemps. Que deviendrait l'enfant sans son amie?

Jean-Pierre et Jacqueline Gaillac se firent expliquer la situation. Sœur Saint-Gabriel baissa la voix comme si le quartier grouillait encore d'espions, l'oreille collée aux portes. Puis elle leur raconta l'arrivée nocturne de Léa deux ans plus tôt, ses origines israélites, la rafle à laquelle elle avait échappé et le mystère qui entourait le destin de ses parents. Ils se retranchèrent d'abord dans un assez long silence. Leurs visages s'assombrirent et ils cessèrent de regarder leur interlocutrice en face. Enfin le père se lança dans un petit discours qu'elle ne put s'empêcher de trouver embarrassé. Les déportés, Juifs, résistants, prisonniers de guerre, se trouvaient actuellement dans des camps disséminés un peu partout en Allemagne et en Pologne. On ne pouvait espérer les revoir avant des mois. Les Russes et les Alliés occidentaux allaient tenter de prendre les camps en tenaille au fur et à mesure de leur avance, pour accélérer leur libération, mais on avait affaire à des déplacements de population si massifs qu'il faudrait énormément de temps pour rapatrier tout le monde. En réglant à sœur Saint-Gabriel les frais de pension de Bénédicte, ils lui proposèrent avec discrétion d'ajouter un peu d'argent pour cette Léa à laquelle leur fille semblait si attachée. Elle les remercia mais cette conversation lui laissa une impression fâcheuse et elle ne put, par la suite, y penser sans frissonner.

Bénédicte avait entendu tout cela, assise sur les genoux de sa mère, collée contre sa poitrine à l'abri de

76

ses deux bras serrés, le visage niché dans son cou.

– Tu devrais peut-être t'occuper de ton amie, en effet, lui dit son père. Quand nous rentrerons, nous l'aiderons à trouver ses parents s'ils ne sont toujours pas là. En attendant, je crois qu'elle a besoin de toi.

Bénédicte releva la tête. Elle secoua ses cheveux noirs, fronça les sourcils et finit par sauter à terre.

– C'est vrai. Je ne savais pas tout ça, dit-elle. Je vais rester avec Léa. Sans moi, elle ne ferait que des bêtises.

Elle dit adieu à ses parents et ressortit du bureau de la religieuse les yeux rouges, mais les mains pleines de cadeaux : barres de chocolat, minces plaques d'une gomme verdâtre recouverte de papier argent, qu'on pouvait mâcher pendant des heures mais qu'il ne fallait jamais avaler sous peine de mourir étouffé, boîtes de corned-beef et de beurre en conserve qui justifiaient enfin l'emploi d'un coffret à suppléments. Elle chercha aussitôt Léa pour partager ses trésors avec elle mais la petite avait disparu. On la retrouva dans le placard où on l'avait cachée pendant la descente de police.

A dater de ce jour-là, Léa changea d'attitude. Au cours du mois de septembre, qui fut encore très chaud, elle refusa obstinément de sortir. Le danger passé, les religieuses tentèrent de l'entraîner dans des promenades. Elles lui vantèrent les agréments du Jardin public, où l'on pouvait aller pique-niquer au bord de l'étang rendu à ses poissons rouges et à ses cygnes, la fraîcheur des Landes où la famille de sœur Marthe avait une petite maison dans laquelle elle aurait volontiers accueilli les deux pensionnaires pendant le week-end. On lui décrivit les grands arbres, le sable et son tapis d'aiguilles de pin, la résine qui coulait des troncs entaillés dans de petits pots fixés à l'écorce, le parfum entêtant qui en montait. On chatouilla sa gourmandise en lui vantant les réserves de miel et de confiture, le lait mousseux, les pêches du verger. Peine perdue, alors même que Bordeaux, privée de trains, de navires, de tout moyen de communication, manquait de nourriture, de viande, de pain, plus encore sans doute qu'au cours de l'année écoulée, et que la faim tordait l'estomac de façon endémique.

Elle ne céda qu'une seule fois, au soir d'une journée torride, par lassitude devant l'insistance de Bénédicte, pour une courte expédition jusqu'à la Garonne, à condition qu'elle ne dure qu'une heure. Dans la rue, elle avançait d'un pas traînant, les yeux fixés sur ses sandales poussiéreuses aux brides cent fois rafistolées. Les alentours de la gare n'étaient que ruines. Elle ne leur accorda pas un regard. Mais, quai de Paludate, elle lâcha brusquement la main de Bénédicte. Devant elle marchait en lui tournant le dos une femme en léger manteau d'été, mince et noire dans le soleil, un chapeau de paille sur la tête. Léa se mit à courir. Elle rattrapa la promeneuse et lui saisit la jupe. La femme se retourna, lui sourit, tendit la main pour lui caresser la tête. Léa s'écarta avec violence, comme un cheval qui se dérobe. Après cette scène, plus rien n'y fit. Elle ne voulait pas quitter le pensionnat, fût-ce pour une heure. Quand on tentait de l'habiller de force, elle se laissait tomber par terre. Dans la rue, elle se mettait à hurler.

On renonça donc aux promenades et Bénédicte imita Léa parce qu'elle ne voulait pas la quitter d'une semelle. Mais l'enfant n'était plus la même. Silencieuse et docile, hormis ses crises de rébellion quand il s'agissait de sortir, elle errait dans le pensionnat comme une ombre, le pouce perpétuellement dans la bouche. Fini les colères, les explosions, les vantardises. Éric et Christian avaient regagné le royaume des livres et, malgré les efforts de Bénédicte, n'en sortaient plus pour se réincarner sous la forme de deux gamines en jupe plissée. Léa mangeait du bout des lèvres le peu qu'on lui offrait, refusait les rares friandises d'un simple signe de tête, somnolait sur les vieux illustrés d'avant guerre. Elle dormait beaucoup. On la retrouvait couchée en plein jour sur son lit, au dortoir, depuis qu'on lui avait interdit son placard, définitivement fermé à clef.

Elle ne s'animait qu'aux coups de sonnette. Où qu'elle fût, endormie, éveillée, plus tard en pleine classe, son ouïe infaillible les lui signalait. Quelle que fût l'heure, la sœur qui allait ouvrir la porte la voyait apparaître à côté d'elle, surgie de nulle part. Tous les visiteurs découvraient au milieu de la cour, dans l'ombre ou le soleil, cette fillette hirsute, la jupe à l'ourlet constamment déchiré pendant sur des chaussettes grisâtres, qui les contemplait un instant, le pouce dans la bouche, parfois s'approchait d'eux pour mieux les dévisager, comme si sa mémoire lui jouait des tours et rendait indispensable un examen supplémentaire, puis tournait les talons. Une autre fille, un peu plus âgée, accourait, la rejoignait, l'interrogeait du regard et repartait avec elle.

En octobre, la rentrée scolaire ne changea rien à la situation. Les élèves qui s'attendaient à retrouver la sauvageonne vantarde, si prompte à les provoquer et à rendre coup pour coup, à griffer et à mordre quand on se risquait à l'approcher, restèrent éberluées devant le petit fantôme muet qui ne réagissait à aucune de leurs taquineries. Certaines s'enhardissaient jusqu'à lui dénouer la ceinture de son tablier ou à lui tirer les cheveux après avoir décrit autour d'elle des cercles de plus en plus serrés, pour s'assurer qu'elle ne reprenait pas l'offensive. D'autres s'approchaient d'elle par glissades successives, le doigt sous le menton, en scandant « Bisque, bisque, rage », mais elle se bornait à hausser les épaules et sa passivité faisait que les brimades n'avaient plus rien de drôle. D'ailleurs, la douce Bénédicte montait autour d'elle une garde de tous les instants et on la respectait depuis que l'on avait entendu chez soi vanter les faits d'armes de ses parents dans la Résistance.

Ceux-ci envoyaient des colis, écrivaient à leur fille mais sans jamais mentionner le sort des prisonniers. Les religieuses s'inquiétaient beaucoup pour Léa, dont l'apathie leur paraissait plus difficile encore à supporter que son indiscipline d'autrefois. En faisant la tournée des dortoirs, tard le soir, pour s'assurer que

80

tout était en ordre, sœur Marthe s'arrêtait souvent à son chevet et la regardait s'agiter dans son sommeil. A l'inverse de sœur Saint-Gabriel, qui était sans famille, elle avait des neveux et nièces. Une nuit, l'idée lui vint que, depuis deux ans, personne n'avait embrassé cette enfant, personne ne l'avait prise dans ses bras. Elle hésita, puis, rassemblant les plis de sa robe et retenant son chapelet pour ne pas faire de bruit, elle se pencha prudemment et effleura de ses lèvres le front de Léa, qui, sans se réveiller, se mit à faire avec sa bouche de petits mouvements de succion, comme un nourrisson qui veut téter. La religieuse se redressa et parcourut rapidement la grande pièce du regard, comme si elle avait commis une faute. Une élève l'eût-elle surprise qu'on l'aurait accusée de favoritisme et qu'on aurait traité Léa de « chouchoute ». Elle n'en recommença pas moins les nuits suivantes, toujours avec de grandes précautions.

Sœur Saint-Gabriel tenta de s'informer sur le retour des déportés mais on lui répondit qu'ils ne rentraient encore qu'au compte-gouttes et que l'on ne savait à peu près rien d'eux. Elle se rendit à la préfecture où le désordre régnait encore malgré l'arrivée en septembre du général Chaban-Delmas qui préparait celle du général de Gaulle en personne, et les réorganisations ultérieures. On y était bien trop préoccupé par les problèmes administratifs de toutes sortes, par les difficultés de l'épuration, par le ravitaillement de la ville, dont l'insuffisance donnait lieu à des manifestations et à des grèves, pour s'intéresser au destin d'une petite fille, juive de surcroît. On lui conseilla de confier Léa à l'Assistance publique en attendant la réapparition de ses parents, partis, selon les archives, pour une destination inconnue. Elle ne put s'y résoudre.

Un jour d'avril 1945, cependant, en portant aux cuisines de précieux abats marchandés à prix d'or auprès du boucher, elle déplia le journal qui les enveloppait pour les faire admirer par la sœur cuisinière. Une horrible photo s'y étalait, qui représentait des cadavres amoncelés, nus et décharnés. Elle le lissa du plat de la main et lut quelques phrases qui étaient présentées comme le témoignage d'un « rescapé » : « Ils sont des milliers qui ont péri. A Auschwitz, des milliers ont été gazés et brûlés. Ah! les bandits! Ma mère, ma femme, mon petit, vous les avez tous assassinés. J'ai entendu leur cri dans la chambre à gaz, un ultime et unique cri poussé par deux mille personnes à la fois! » Saisie, elle froissa le journal, le roula en boule et le jeta dans le fourneau. Puis elle se reprit. Ce ne pouvait être qu'une exagération, une affabulation de journaliste. D'ailleurs, il s'agissait d'un quotidien communiste. Rien, dans ce qu'on lui avait dit à la préfecture, ne laissait entendre que les prisonniers de guerre aient pu être ainsi traités. On les disait affaiblis par un travail trop dur, amaigris par les privations – comme la plupart des Français, en fait, si on allait par là –, malades parfois, de tuberculose ou même de typhus à cause des mauvaises conditions sanitaires, mais personne ne parlait de massacre.

Une dizaine de jours plus tard, toutefois, elle tomba

sur un autre article, dans un journal plus fiable celui-là puisque c'était *Le Figaro*. Ce qui la frappa fut moins l'article lui-même, plein de détails tout aussi incroyables, que les quelques lignes gênées, embarrassées, du rédacteur en chef qui le précédaient : « J'ai hésité à mettre sous les yeux des lecteurs le récit hallucinant que James de Coquet, dans cet esprit véridique qu'on lui connaît et qui donne une valeur si nette à ses témoignages, vient de nous adresser. Je n'ignore pas la répugnance et les angoisses que la description de pareils spectacles peut inspirer. Mais je crois qu'il est de notre devoir d'enregistrer ces faits, de les consigner, d'en fixer l'image, et de le faire au moment où l'imminence de la victoire prépare, dans un monde épuisé d'horreur, les voies de l'oubli. » Cette lecture la glaça. En remontant dans son bureau, elle traversa la cour. C'était l'heure de la récréation. Les filles jouaient sous les marronniers en fleur : les plus grandes disputaient une partie de ballon prisonnier, les plus jeunes sautaient à la corde, poussaient leur galet sur une marelle, se poursuivaient en criant. Loin du brouhaha, Bénédicte, seule, jouait, jupe dansante, à la balle au mur en chantant de sa voix claire : « D'une main, de l'autre, d'un pied, de l'autre, p'tit croisé, grand croisé, tourbillon. » Non loin d'elle, Léa suçait son pouce, recroquevillée sur un banc, les jambes ballantes. Sœur Saint-Gabriel la contempla avec une sorte d'horreur. Impossible de continuer ainsi. Cette petite était en train de devenir folle. Elle-même ne tarderait pas à s'effondrer sous le poids de sa responsabilité.

Le soir venu, elle alla chercher Léa, qu'elle trouva dans la salle d'études où les élèves faisaient leurs devoirs et apprenaient leurs leçons avant le repas, sous la surveillance d'une novice. Elle repéra aussitôt sa place, car son visage était le seul qui manquait dans l'alignement des têtes sagement redressées à son approche. Couchée sur son avant-bras, la petite, son porte-plume à la main, touillait distraitement, sur son cahier de brouillon, une grosse coulée d'encre violette qu'elle étalait et ornait de piquants. Elle n'avait même pas vu entrer la religieuse qui lui prit la main et l'entraîna, sans que l'enfant lui opposât la moindre résistance. Dans son bureau, elle lui annonça sans tergiverser qu'elle l'amenait à Paris, où se rassemblaient les déportés. Inutile d'attendre que ses parents viennent la chercher à Bordeaux. Autant aller à leur rencontre.

Léa ressuscita en un clin d'œil, comme une azalée flétrie qu'on plonge dans une bassine d'eau et dont les pétales regonflent et rosissent. Le rouge lui monta aux joues, elle retrouva instantanément l'usage de la parole.

– Et Bénédicte ? demanda-t-elle. Elle nous accompagne ?

– Non, dit la religieuse, c'est impossible. Je n'ai pas le droit de lui faire quitter le pensionnat sans prévenir ses parents. Et puis les trains sont combles, vous savez. On n'a réussi à les remettre en marche que depuis peu de temps. Il ne sera déjà pas très facile de dénicher deux places, pour vous et pour moi.

Une ombre passa sur le visage de Léa. Elle eut un instant d'hésitation.

– Ça ne fait rien, dit-elle enfin. J'ai huit ans maintenant, je suis grande. Et puis je dirai à papa et à maman de l'inviter tout de suite chez nous, boulevard des Invalides. Vous la laisserez venir, n'est-ce pas ?

La religieuse faillit répondre qu'on était en pleine année scolaire, mais acquiesça très vite devant l'air exalté de l'enfant. Celle-ci courut annoncer la nouvelle à Bénédicte. Son indiscipline et son arrogance lui étaient revenues en un tournemain. Elle fit irruption dans la salle d'études et se rua vers le pupitre de son amie.

– Je pars pour Paris, hurla-t-elle. Je vais prendre le train avec sœur Saint-Gabriel pour aller retrouver mes parents. Je ne reviendrai plus jamais ici, mais toi, tu me rejoindras tout de suite, hein, dès qu'ils seront arrivés ? (Et, se retournant vers le reste de la classe, qui la contemplait avec stupeur, porte-plume en l'air :) Mon papa enverra le chauffeur chercher Bénédicte avec la grosse voiture. Mais vous, alors, vous n'êtes pas près de me revoir !

Il fallut pourtant attendre encore plusieurs jours avant de parvenir à monter dans un train. Tous les matins, à l'aube, sœur Saint-Gabriel arrivait à la gare, tenant d'une main son vieux cartable noir qui contenait un peu de linge de rechange pour l'enfant et pour elle, ainsi qu'un en-cas enroulé dans du papier gras, et, de l'autre, Léa surexcitée, qui dansait sur place et ne cessait de décrire, d'une voix suraiguë, tout ce qu'elle allait bientôt retrouver à Paris. On eût dit que la mémoire lui revenait d'un seul coup et qu'en prévision de défaillances ultérieures elle faisait l'inventaire de ses biens. «Et mon papa me laissera monter à côté de lui dans son auto, et c'est ma maman qui m'amènera à l'école et là il n'y a pas d'uniformes, vous savez ma sœur, on peut s'habiller comme on veut, je les ai souvent vues les filles à la sortie en me promenant avec ma nounou, et je ferai un beau collier pour Bénédicte avec ma boîte de perles, et je la laisserai jouer avec mon cerceau, et je demanderai à la couturière qui fait les robes de ma maman d'habiller de neuf toutes mes poupées, elles ont dû s'ennuyer sans moi, les pauvres, et je regarderai bien si rien n'est cassé dans ma dînette, et Zélie, c'est la cuisinière, me fera du chocolat pour que je le verse dans les tasses, elles sont en porcelaine avec des fleurs roses et une bordure dorée, et l'anse est très très fragile, vous savez ma sœur, et je dirai à Bénédicte de bien faire attention à celle qui a été recollée, quand elle viendra jouer avec moi, et j'avais oublié ma grosse auto rouge, elle a des pédales et un klaxon, j'ai le droit de m'en servir dans le couloir, il est très long, vous savez ma sœur, mais à condition de ne rien abîmer, et c'est vrai qu'un jour j'ai cassé le gros vase bleu qui est posé par terre à côté de la porte mais je ne recommencerai plus et d'ailleurs ma nounou l'a réparé. »

Sœur Saint-Gabriel s'était fait la remarque au début, en écoutant cette litanie, que l'enfant semblait avoir perdu le compte des années passées. Elle qui détestait tant être traitée de bébé par ses camarades n'avait pas l'air de se douter que sa taille ne lui permettrait plus d'entrer dans l'auto à pédales, que ses poupées la laisseraient indifférente et que Bénédicte, si un jour elle la rejoignait, n'aurait aucune envie, à dix ans, de jouer à la dînette. Elle se garda bien de le dire et d'ailleurs, saoulée par cette logorrhée, cessa vite d'y prêter attention. En outre, la voix perçante qui dévidait ces monologues s'ajoutait au tintamarre assourdissant de la gare, envahie par les grincements d'essieux, les coups de sifflet, les jets de vapeur, les heurts des chariots métalliques, les cris de ceux qui, parvenus à se hisser dans les wagons, hélaient désespérément par les vitres baissées les membres de leur famille qui accouraient en traînant leurs valises. On s'insultait, on s'écrasait, on se marchait sur les pieds, on échangeait même des coups de poing.

Ce fut le troisième jour seulement, après deux retours nocturnes au pensionnat où sœur Saint-Gabriel revenait défaite, hagarde et muette, mais précédée par une Léa gambadante et toujours aussi jacassante, que l'intervention du chef de gare leur permit de monter dans un train de nuit. Il dégagea une place pour la religieuse dans un compartiment bondé et, faute de mieux, installa la gamine dans le porte-bagages, sur un manteau destiné à empêcher que les barres de bois ne lui entrent dans les côtes, avec le cartable noir pour oreiller. Le trajet fut interminable, ponctué de longs arrêts en pleine campagne, avec de brusques redémarrages qui faisaient osciller et gémir le magma humain entassé sur les banquettes défoncées. Du porte-bagages provenait un chuintement continu : la voix de Léa qui poursuivait pour elle seule sa litanie chuchotée. Elle fut la première à se dresser quand, loin de la capitale encore, le jour se leva.

Le même chaos régnait à la gare d'Austerlitz. Sœur Saint-Gabriel n'était jamais venue à Paris. Elle put à grand-peine attirer l'attention d'une voyageuse qui, tirant de son sac un bout de papier froissé et un crayon émoussé, lui dessina l'itinéraire qui lui permettrait de gagner sa destination par le métro. A Saint-François-Xavier, après bien des erreurs, elle eut la bonne surprise de découvrir, en débouchant sur le boulevard, une église. Épuisée, ahurie, elle rassembla les derniers lambeaux de son autorité pour traîner Léa à l'intérieur et, après une génuflexion et un signe de croix bâclés, s'effondra sur une chaise. Quelques instants après, elle vit entrer un prêtre qui passait son étole à son cou pour pénétrer dans le confessionnal. Elle s'approcha et eut avec lui une conversation à voix basse pendant que la gamine, à qui les deux interlocuteurs lançaient des coups d'œil inquiets, faisait de l'escalade sur les bancs, les bras à l'horizontale, en vrombissant comme un avion.

L'adresse, découverte grâce aux directives du prêtre, était toute proche. Au moment où la religieuse s'apprêtait à pousser la porte en fer forgé de l'immeuble cossu dont les balcons donnaient sur le large boulevard planté d'arbres, l'excitation de Léa tomba d'un coup. Elle fit un pas en arrière.

– Ce n'est pas ici, dit-elle.

Sœur Saint-Gabriel recula pour vérifier le numéro. Elle rétrécit les paupières dans le soleil printanier qui ricochait sur les hautes vitres.

– Mais nous sommes bien au 27. C'est l'adresse que vous m'avez toujours donnée et celle qui figure sur vos papiers, d'ailleurs.

– Ce n'est pas ici, répéta Léa, au bord des larmes.

Réprimant un haussement d'épaules, la religieuse excédée appuya sur le bouton. Au bout de quelques instants, on ouvrit et, de la loge, une voix cria :

– Qu'est-ce que c'est ?

Léa était tombée en contemplation devant la porte de l'ascenseur où l'on voyait en bas-relief une sorte de médaillon en cuivre qui figurait un buste de femme portant un enfant dans ses bras. Elle pâlit au point que la religieuse la saisit par le bras de crainte d'un malaise.

La concierge, une forte femme en blouse, les cheveux gris tirés en arrière, apparut, le balai à la main.

– M. et Mme Lévy, s'il vous plaît, dit la religieuse.

– Qui ça ?

– M. et Mme Lévy. Je leur ramène leur fille, Léa. Ils habitent bien ici, n'est-ce pas ?

– Ils n'y habitent plus depuis au moins trois ans, répondit la concierge avec un regard stupéfait pour la petite maigrichonne au visage blême qui ne la quittait pas des yeux. Ils sont partis il y a bien longtemps, fin 41, début 42, il me semble. Pendant quelques mois ils ont continué à payer leur loyer et puis, plus de nouvelles. Le propriétaire a fini par relouer.

– Mais leurs vêtements ? Leurs meubles ?

– Vous savez, ma sœur, j'ignore d'où vous sortez mais ici c'était l'Occupation, la guerre. Il y a eu bien des va-et-vient, là-haut, les miliciens, la police. Et puis, avec ces gens-là, on ne sait jamais trop ce qui se passe, d'où provient la fortune, à qui appartient quoi. De l'argent, ils en avaient, les Lévy, ça, c'est vrai, il fallait voir les fourrures de la femme, les autos du mari... mais la famille, les amis, tout un tas de... enfin, d'Israélites ont défilé chez eux, après leur départ, surtout au moment des rafles de juillet. Avec l'accord du propriétaire, on a fini par changer la serrure. C'est lui qui s'est occupé de vider l'appartement mais il ne restait pas grand-chose, à ce qu'il m'a dit.

– Vous avez son adresse ?

– Il est mort. L'immeuble a été repris par une société. Je veux bien vous donner le nom mais ça ne vous mènera pas à grand-chose.

Pendant cette conversation, les deux femmes avaient oublié Léa qui, comme fascinée par l'intérieur de la loge, s'y était glissée sans qu'elles s'en aperçoivent. Des hurlements retentirent, suivis d'un bruit de bagarre. Elles se précipitèrent. Une fillette en tablier à carreaux jouait, assise devant la grande table recouverte de toile cirée.

– C'est à moi ! vociférait Léa en tentant de lui arracher une énorme boîte à casiers remplis de perles multicolores. Rends-la-moi ! Elle est à moi !

L'autre, terrifiée, lâcha prise. Sœur Saint-Gabriel voulut s'interposer. Mais le regard de la concierge se posa sur son buffet Henri II où trônaient sur un plateau un ravissant service à café en argent avec cafetière, pot à lait, sucrier, pince à sucre, soucoupes et tasses, et, à côté, un samovar également en argent dont la présence exotique tranchait de façon incongrue sur le reste de l'ameublement, par ailleurs modeste. Léa, tout entière absorbée par sa lutte, ne les avait pas remarqués.

– Yvette, dit la concierge, il faut être charitable. Cette petite fille est pauvre, elle n'a pas de jouet. Fais-lui cadeau de cette boîte. Je t'en achèterai une autre.

Yvette voulut protester mais le coup d'œil glacial de sa mère lui fit comprendre que ce n'était pas le moment. La concierge s'empressa, ferma la boîte, l'emballa dans du papier journal, l'entoura d'une ficelle et la tendit à Léa qui la serra sur son cœur.

– Eh bien, ma sœur, au revoir, dit-elle en prenant la religieuse par les épaules pour la diriger vers la porte. Si j'ai un conseil à vous donner, c'est d'aller à la mairie. Vous y aurez sans doute des nouvelles. Ou alors, tenez, faites donc un saut à l'hôtel Lutétia, sur le boulevard Raspail. Un hôtel de luxe, où on rassemble les rapatriés. Ils n'y manquent de rien, paraît-il. On les gorge de viande, de foie gras et de vins fins pendant que nous, les bons Français, comme d'habitude, nous mourons de faim. Mais ils sont probablement en Amérique, ces gens, vous savez. C'est là que sont partis pas mal de leurs coreligionnaires au début de la guerre, à ce qu'on m'a raconté. Ils finiront bien par venir récupérer leur fille. Je vous souhaite bonne chance en tout cas.

Et la lourde porte vitrée se referma derrière sœur Saint-Gabriel et Léa.

Chapitre 6

L'hôtel Lutétia n'était pas loin, d'après une passante consultée, on pouvait facilement s'y rendre à pied. L'itinéraire indiqué longeait les bâtiments du lycée Victor-Duruy. Le parc exhibait ses frondaisons printanières par-dessus le mur d'enceinte. Une pluie de fleurs blanches tombait des grands marronniers aux branches agitées par des bourrasques intermittentes. C'était l'heure de la sortie des classes. Les élèves se ruaient dehors par la porte du petit collège et s'attroupaient en jacassant. Elles se détachaient de leurs groupes dès qu'elles apercevaient leurs mères et couraient les rejoindre, cartable brinquebalant, cheveux au vent, mouchetées de taches d'ombre et de soleil. Les jeunes femmes se hâtaient à leur rencontre, en tailleurs pincés et chapeaux à voilette, la couture du bas peinte bien droit sur le mollet teint, le petit sac valsant au creux du bras. Elles se penchaient pour embrasser leurs filles, rectifiaient tendrement la position d'un col, refaisaient une natte, en chassaient d'une chiquenaude un bout d'écorce tombé d'un arbre, leur ôtaient des mains le lourd cartable tandis qu'elles se retournaient une dernière fois pour adresser d'interminables adieux à leurs compagnes, comme si elles s'en séparaient à jamais. Léa, toujours aussi mal fagotée dans sa jupe lustrée, jadis bleu marine, et qui avait depuis longtemps perdu jusqu'à la trace de ses plis, ses cheveux crépus retenus tant bien que mal par deux grosses barrettes, passa sans les regarder. Elle était trop occupée à serrer contre sa poitrine l'énorme boîte qui persistait à glisser, et ne leur prêta pas plus d'attention qu'elle n'en avait accordé au discours de la concierge.

— J'ai mal aux pieds, ronchonna-t-elle après quelques minutes de marche. C'est encore loin, là où nous allons?

— Je ne crois pas, lui répondit sa compagne, qui redoutait de se perdre et s'arrêtait à chaque carrefour pour fouiller dans son grand sac noir, chausser ses lunettes et reculer de quelques pas afin de vérifier le nom de la rue.

— Qu'est-ce que c'est que cet hôtel?

— Un établissement de luxe, paraît-il.

— Ah, dit Léa, en pressant le pas qu'elle avait considérablement ralenti. Alors, mes parents y sont peut-être. Si cette horrible concierge n'a pas voulu les laisser entrer dans leur appartement, ils ont dû descendre quelque part pour déposer leurs affaires avant de venir me chercher à Bordeaux. Ils aiment beaucoup les hôtels de luxe. Papa m'a amenée au Plaza un jour, ajouta-t-elle après avoir marqué une pause,

94

comme frappée par un souvenir soudain. Il m'a prise dans ses bras et il m'a assise sur le bar pour me présenter au barman. Il m'a même laissée tremper les lèvres dans son cocktail, reprit-elle avec excitation. Je me rappelle, maman l'a grondé au retour.

Elle se tut et parut s'abîmer dans ses réminiscences pendant le reste du trajet.

Après avoir remonté la rue de Sèvres et tourné dans le boulevard Raspail, conformément aux instructions, sœur Saint-Gabriel devina vite qu'elle avait trouvé l'endroit idoine en apercevant l'attroupement qui s'était formé devant l'hôtel. Elle découvrit à l'arrivée une peuplade hétéroclite, composée en majorité de vieillards et de femmes, certaines portant des bébés dans les bras. C'était une foule apathique, atone. Des enfants dormaient, roulés en boule à même le pavé. Les adultes, pour la plupart maigres et mal habillés, tenaient des écriteaux sur lesquels s'étalaient en grosses lettres malhabiles des noms accompagnés de photos d'identité minuscules, indéchiffrables à cinquante centimètres de distance. On comprenait à leurs vêtements fripés, à leur mine fatiguée, à leur façon de laisser s'incliner vers le sol les hampes artisanales de leurs collages bricolés, qu'ils attendaient depuis bien longtemps et que leur séjour en ces lieux n'était pas le premier. Beaucoup se recroquevillaient sur eux-mêmes, les mains enfoncées dans les poches, comme s'ils souffraient du froid malgré la douceur merveilleuse de l'air. Sœur Saint-Gabriel prit place parmi eux avec sa pupille. Les questions qu'elle tenta de poser à ses voisins ne rencontrèrent que le silence et des regards indifférents.

Cette foule s'anima brusquement lorsque deux autocars, dont les flancs et le toit arboraient les insignes de la Croix-Rouge, se garèrent devant l'hôtel. Les écriteaux se redressèrent, les cous se tendirent, les rangs se resserrèrent, des murmures furent échangés. Les enfants réveillés se frottèrent les yeux et se levèrent. Au bout d'un long moment, les portes arrière s'ouvrirent. Sortirent des brancardiers qui se précipitèrent vers l'hôtel, comme pour protéger leur charge contre les indiscrétions grâce à la rapidité de leur course. Pourtant les couvertures brunes qu'ils transportaient sur leurs civières ne semblaient soulevées par rien. Les chuchotements se turent. Suivirent une cinquantaine d'hommes en pyjama rayé, le teint blême, les joues creuses, leur calot ne dissimulant pas leur crâne rasé. Ils traversèrent le trottoir avec une infinie lenteur en s'abritant les yeux de la main comme pour les protéger du soleil radieux. La foule, qui s'était écartée pour laisser passer les brancards, fut parcourue par un violent remous et se lança soudain en avant comme une vague. Elle cria, interpella les nouveaux arrivants, leur jeta au visage des noms à la sonorité âpre qui firent un bruit de galets froissés les uns contre les autres par la marée montante. Ils reculèrent. Une femme en manteau râpé, trop chaud pour la saison, s'élança aux pieds de l'un d'eux, lui entoura les genoux d'un bras, attira de l'autre une fillette qui l'accompagnait et la força à fourrer sous le nez de son prisonnier une photo ronéotypée.

– Adam Zylberstein ! hurla-t-elle avec un fort accent étranger. Il est grand, brun, les cheveux bouclés, costaud. Il transportait des ballots de tissu pour un fabricant de vêtements en gros. Il a été raflé à Belleville, en juin 42. Est-ce que vous l'avez rencontré, monsieur, est-ce que vous l'avez vu ?

Sous l'attaque, l'homme avait vacillé et s'était rattrapé, pour ne pas tomber, à l'épaule d'un camarade. Il se dégagea d'un grand mouvement de tout le corps, un vrai geste de répulsion, et reprit sa marche, sans même regarder le feuillet que l'enfant lui agitait devant les yeux. La femme se laissa choir sur le trottoir où elle resta assise, les bras ballants. Sœur Saint-Gabriel profita de l'accablement qui, en l'espace d'un instant, s'était de nouveau abattu sur la foule pour doubler d'un coup toute la queue, en hâlant par le col de sa chemisette Léa qui agrippait sa boîte des deux mains. Elle arriva devant l'hôtel et parvint à se glisser par l'embrasure de la porte juste avant qu'elle ne se referme. Aussitôt une odeur de désinfectant la saisit à la gorge. Elle reçut en plein visage une bouffée de DDT tirée à bout portant par une infirmière en uniforme blanc, postée sur le seuil. Aveuglée par les larmes, à demi étouffée par une quinte de toux, elle s'essuya avec un pan de sa robe et mit un certain temps à retrouver l'usage de la vue.

Du vaste hall, seuls les murs couverts de dorures et le plafond auquel pendait un lustre tintinnabulant ressemblaient à l'idée vague qu'elle se faisait d'un établissement de luxe. Il était divisé en petites loges, équipées chacune d'une table en bois et de deux chaises, où des personnes de tous âges, en civil, recevaient les visiteurs. Ces bureaux improvisés étaient séparés par des cloisons tapissées de photos semblables à celles que brandissaient les gens, dehors. Des dizaines, des centaines, des milliers de noms et de visages sautèrent aux yeux de la religieuse : hommes en costume-cravate qui contemplaient l'objectif avec solennité, femmes souriantes tenant un bébé sur leurs genoux, garçons endimanchés, fillettes en robe empesée, un gros nœud dans les cheveux. Il y avait même une classe entière sagement alignée sur des bancs, les bras croisés, autour de son institutrice. Les légendes se chevauchaient, comme pressées par l'urgence. « Avez-vous rencontré, croisé, entendu parler de... Pouvez-vous me donner des nouvelles, bonnes ou mauvaises, de... mes parents, mon mari, mon épouse, mon fils, ma fille... raflés à Paris, Bordeaux, Marseille... en 42, 43, 44... aperçus pour la dernière fois à Drancy, Pithiviers, Beaune-la-Rolande... partis avec le convoi numéro 10, 25, 58... pour Buchenwald, Ravensbrück, Auschwitz... Remerciements sincères, forte récompense, reconnaissance éternelle... » La moitié de la population française avait-elle donc disparu, ne laissant derrière elle que ces traces légères, ces noms tout en consonnes et ces photos pâlissantes, tandis que l'autre moitié s'acharnait à la retrouver ? Que s'était-il passé dans ce pays pendant qu'elle attendait patiemment, dans son couvent, la fin de la guerre ? Elle était bien placée pour savoir qu'on avait fusillé, emprisonné, déporté des gens, mais se pouvait-il qu'on en eût arraché des milliers, peut-être davantage, à leur existence quotidienne ?

Un autre panneau lui rendit ses esprits. Une affiche s'y étalait, solitaire. Elle représentait deux hommes de dos qui en soutenaient un troisième, en pyjama rayé. Ils marchaient, tous les trois, sous un ciel bleu, vers un clocher d'église, typiquement français, éclairé par le soleil levant. « Prisonnier politique, travailleur du STO, déporté, disait le texte, si tu as assisté au cours de ta détention à un acte cruel ou à un fait contraire aux lois de la guerre, telles qu'elles ont été définies par la convention de Genève, signale-le au commissariat de police de ton lieu d'origine. Les coupables seront châtiés. » Il existait donc encore des lois, des policiers chargés de les faire respecter, des victimes et des coupables. Il suffisait de s'adresser aux personnes responsables et le chaos finirait par s'organiser. Sœur Saint-Gabriel se retourna vers l'une des petites loges dont la chaise destinée au visiteur était vacante. Mais, ce faisant, elle aperçut le long d'un mur les brancards que l'autocar avait déchargés tout à l'heure. Contrairement à ce qu'elle avait cru, ils n'étaient pas vides. Sur l'un d'eux, un crâne aux orbites noires, aux tempes creuses, aux joues rongées par la barbe, aux dents protubérantes, venait de se soulever tout seul. D'un geste instinctif, la religieuse posa la main sur les yeux de Léa, pour lui épargner le spectacle. Mais l'enfant ne regardait pas. Elle lui repoussa le bras avec impatience.

– Qu'est-ce que nous faisons ici, ma sœur ? Allons-nous-en ! J'ai envie de montrer mes perles à Bénédicte.

– Nous sommes ici pour retrouver vos parents, Léa, vous le savez bien, voyons.

– Mais ils ne sont pas là !

– Comment pouvez-vous en être si sûre ?

Posant sa précieuse boîte par terre, entre ses jambes pour ne pas risquer de la perdre, Léa pivota sur elle-même en montrant l'immense pièce du doigt. Crânes posés sur leurs civières, le cou tranché net par la couverture brune tendue à plat sur la toile, groupes de détenus, en pyjama rayé, titubant, ivres de fatigue, sous la houlette d'une infirmière, femme décharnée en robe noire trois fois trop grande pour elle, affalée sur une chaise comme un sac d'os, visiteurs faméliques qui se bousculaient devant les panneaux d'affichage et se haussaient sur la pointe des pieds pour scruter le moindre message, malades hagards qui remontaient de la radioscopie, leurs enveloppes sous le bras, médecins en blouse blanche qui fendaient la foule, le stéthoscope ballottant sur la poitrine. Le tout, d'ailleurs, la religieuse en prit subitement conscience, dans un silence frappant, compte tenu de la foule et de l'agitation.

Léa eut un petit rire argentin qui attira sur elle le regard surpris de la personne âgée, en tailleur bleu marine, assise derrière une table couverte de papiers dans la loge vide, non loin d'elles.

– Pourquoi voudriez-vous que mes parents soient là ? dit-elle. S'ils étaient rentrés, ils seraient sûrement venus me chercher avant de penser à secourir tous ces malheureux.

Sœur Saint-Gabriel contempla Léa avec stupéfaction.

– Mais, finit-elle par dire en pesant prudemment ses mots, mais enfin, Léa, vous ne pensez pas qu'ils pourraient être eux-mêmes parmi ces malheureux?

Cette fois, l'enfant éclata franchement de rire.

– Oh, ma sœur, on voit que vous ne connaissez pas mes parents! Ils n'ont pas du tout cette allure-là. Vous ne me croyez jamais quand je vous dis que mon père est très beau, très élégant, et que ma mère... enfin, ma mère, eh bien elle ne porterait jamais une robe comme celle de cette femme, là.

Et Léa désigna avec une petite moue de dégoût le sac noir informe dans lequel était emballé le tas d'os posé sur la chaise.

– Vous me soupçonnez toujours de me vanter quand je vous parle d'eux, je le sais bien, mais vous verrez quand ils reviendront, vous verrez.

Sur quoi elle ramassa sa boîte et la serra contre son cœur en pinçant les lèvres comme quelqu'un qui renonce à faire admettre par un interlocuteur particulièrement obtus un point de vue pourtant évident. Sœur Saint-Gabriel ne put réprimer un haussement d'épaules et, poussant Léa par la nuque, se dirigea avec elle vers la loge vacante.

La personne qui les reçut la laissa raconter l'histoire du couple Lévy et de leur fille sans intervenir, comme si elle la connaissait déjà par cœur, en se bornant à prendre des notes sur un cahier. Le récit terminé, elle tendit un formulaire.

– Si vous voulez bien remplir ce papier, ma sœur, dit-elle, et nous confier les pièces d'identité de l'enfant, nous pourrons la placer dans une institution. Elle ne se rappelle pas l'existence d'autres membres de sa famille, dites-vous. Qui sait si un oncle, une tante, un cousin ne se manifestera pas quand même un jour ? Merci, en tout cas, de ce que vous avez fait pour elle.

– Mais, fit sœur Saint-Gabriel, nous pouvons parfaitement la garder dans notre pensionnat jusqu'au retour de ses parents. Je ne suis venue ici que pour tenter de les retrouver plus vite et pour vous laisser notre adresse, afin qu'ils sachent où la chercher quand ils rentreront.

La vieille dame soupira.

– Léa, dit-elle, sans lever les yeux vers l'enfant. Si tu allais te promener un peu dans l'hôtel ? Tu verras, il y a des meubles très beaux. Et puis, tu dois avoir faim. Passe donc dans la salle à manger, là-bas. On te donnera à goûter. Nous avons quelques questions administratives à régler, cette religieuse et moi. Si tu restais avec nous, tu t'ennuierais. Reviens dans un petit quart d'heure.

Léa, qui s'ennuyait effectivement, ne fit aucune difficulté pour obéir. Dès qu'elle eut le dos tourné, la vieille dame releva les yeux.

– Ma sœur, dit-elle, je crois que vous n'avez pas très bien saisi l'ampleur du drame. Si les parents de cette enfant étaient juifs, s'ils ont été déportés à Auschwitz, aux dates que vous m'avez indiquées, c'est-à-dire dans le courant de l'année 42, tout porte à croire qu'ils ne reviendront pas.

— Vous pensez qu'ils sont retenus en Russie, comme le bruit en court?

— Je pense qu'ils sont morts.

— Mais ils étaient... je veux dire, ils sont jeunes, bien portants, il n'y a pas de raison qu'ils n'aient pas survécu aux conditions de leur détention, même si elles étaient dures, comme on le prétend. On dit que plusieurs milliers de Juifs ont été déportés. Ils ne sont tout de même pas tous morts.

— Il en est parti, à notre connaissance, près de quatre-vingt mille, hommes, femmes, enfants compris. Pour l'instant, un peu plus de deux mille sont revenus. Si l'on en croit les récits des survivants, nous n'avons guère de chances d'en voir rentrer beaucoup d'autres.

La religieuse, atterrée, se renversa en arrière sur le dossier de sa chaise et s'épongea le front.

— Remplissez donc ces formulaires, ma sœur, reprit son interlocutrice, même si vous avez l'intention de continuer à vous occuper de l'enfant. Elle aura besoin de ces papiers, ne fût-ce que pour obtenir l'acte de décès de ses parents. Je vous laisse. Je reviendrai les chercher dans quelques minutes.

Pendant ce temps, Léa, traînant toujours sa boîte de perles, cherchait un endroit où s'installer pour déguster commodément le morceau de pain et la barre de chocolat qu'on lui avait donnés dans la salle à manger. Elle y avait vu préparer des plateaux chargés de plats appétissants, bien présentés, accompagnés de bouteilles de vin aux étiquettes vieillies. Cette constatation lui donna à penser qu'elle se trompait peut-être sur la qualité de l'hôtel et que, si elle gravissait le bel escalier aux marches tapissées de rouge qu'elle voyait devant elle, à la suite de l'un des serveurs en livrée, elle trouverait là-haut des gens différents de la triste humanité qui grouillait dans le hall. Et, en effet, ce qu'elle découvrit à l'étage parut lui donner raison.

Le palier ouvrait sur un long couloir qui formait plusieurs angles successifs. De grandes portes gris perle encadrées de filets plus foncés s'y alignaient. Le serveur en poussa une et Léa eut tout juste le temps d'apercevoir une vaste chambre richement meublée, sans toutefois en distinguer l'occupant. Elle commença par visiter les toilettes, dont les vasques de marbre et les robinets dorés lui firent une excellente impression. Oui, ses parents avaient très bien pu choisir cet hôtel pour y faire une halte et se remettre des fatigues de leur long voyage avant de reprendre le train pour Bordeaux. Peut-être son père était-il là, en train de nouer sa cravate devant la glace, tandis que sa mère se poudrait le nez, assise sur l'une de ces petites chaises assorties à l'acajou de la coiffeuse qu'elle venait d'entrevoir. Une image semblable à celles, fugaces et incomplètes, qui faisaient de brèves intrusions dans sa mémoire, le soir, au pensionnat, avant de s'échapper comme balayées par le vent, lui apparut soudain, tenace et précise. Son père portait un costume gris clair, une pochette de soie blanche se découpait sur son veston. Il retirait d'un étui de faille noire incrusté de ses initiales en or une cigarette couleur pastel, à bout doré. Sa mère, fine et brune, en robe de mousseline vert d'eau toute rebrodée de perles, l'aile sombre de ses cheveux lui caressant la joue, approchait de sa bouche son tube de rouge à lèvres avec une mimique que, debout à côté d'elle, Léa s'amusait souvent à imiter. Le long collier qu'elle portait enroulé deux fois autour de son cou tintait sur le marbre de la coiffeuse. A côté du poudrier trônait, dans un seau rempli de glaçons, une bouteille de champagne au goulot entouré d'une serviette blanche.

Le cœur battant, Léa frappa à la porte de la pièce que le serveur avait quittée. N'obtenant pas de réponse, elle s'enhardit et entra. Dans la chambre somptueuse, un homme squelettique, au crâne chauve, reposait, ses mains osseuses et déformées entrouvertes, paumes en l'air, sur les draps immaculés. Le chevet en satin rose de son immense lit rendait plus jaune encore la peau flasque de son visage. Il ne détourna même pas les yeux en entendant entrer Léa. Le plateau gisait, intact, sur une table. Les cloches d'argent que l'enfant avait vu disposer en bas sur les si appétissantes assiettes n'avaient même pas été ôtées. Prise de peur, elle fit demi-tour, sortit sur la pointe des pieds et referma doucement le battant.

Toutes les chambres dont elle entrebâillait la porte pour y passer la tête, faute de réponse au petit coup qu'elle frappait poliment de sa phalange repliée, lui réservaient le même spectacle : des hommes, des femmes, seuls ou à deux, allongés sur leur lit, silencieux, les yeux fermés, tels des mannequins de cire dépouillés de leur perruque et couchés dans la salle d'exposition d'un grand magasin de meubles, avant d'être entassés dans un camion et conduits vers une usine d'incinération pour y être fondus et remodelés selon les spécifications d'un prochain client, comme cela se passait, avait-elle lu dans les pages instructives d'un journal pour enfants. Léa n'avait jamais vu de morts, hormis les corps déchiquetés et sanglants aperçus de loin après les bombardements de Bordeaux. C'est ainsi qu'elle s'imaginait ceux qui avaient succombé à la maladie ou à la vieillesse. Mais pourquoi aurait-on transformé en morgue l'un des plus beaux hôtels de Paris ? L'usage voulait-il qu'on transportât les gens, après leur décès, dans un hôtel de luxe, pour leur faire goûter au moins une fois les agréments de l'existence s'ils ne les avaient pas connus de leur vivant ?

Troublée, Léa décida d'interrompre ses recherches et de les reprendre plus tard, dans une autre partie de l'établissement. Comme elle venait de tomber sur une chambre vide, elle eut l'idée de s'y installer pour ouvrir sa boîte de perles, dont elle brûlait de revoir le contenu, et manger enfin son goûter. La pièce était aussi grande que les autres, aussi magnifiquement meublée. La courtepointe en satin broché formait des plis impeccables sur le lit aux pieds de bois tourné.

Léa n'osa pas y prendre place et choisit de s'asseoir sur la moquette épaisse, adossée à l'une des parois d'une grosse commode vernie dont les tiroirs rebondis s'ornaient d'anneaux ouvragés en métal doré. Elle débarrassa sa barre de chocolat de son enveloppe, l'enfonça dans le pain et posa le tout par terre sur un bout de papier journal arraché à l'emballage de sa boîte, pour ne pas laisser de miettes. Après quoi, elle alluma, pour mieux y voir, une lampe de porcelaine à abat-jour rose en tissu plissé, défit le paquet, retira le couvercle et admira ses perles. Il y en avait de toutes sortes, triées avec soin et rangées dans des casiers : des petites, des grosses, des rondes, des carrées, des ovales, des blanches, des rouges, des vertes, de quoi enfiler les colliers et les bracelets les plus variés sur les lacets préparés à cet effet. Absorbée dans leur contemplation, elle tendit le bras pour s'emparer de son pain au chocolat et sa main se posa sur une autre main.

Léa sursauta et releva les yeux. Surgi de nulle part, un cadavre la regardait. C'était le même crâne que les têtes coupées posées sur les civières, en bas, peau livide semée de taches rouges, tendue sur des pommettes en biseau, si pointues qu'elles semblaient sur le point de la transpercer, larges cernes bistre, grandes dents jaunes déchaussées, lèvres blanches, fendues et gercées. Pas de cheveux, pas de sourcils, pas de cils. Pas de barbe non plus mais rien d'étonnant à cela car, à en juger par sa taille, le cadavre, si l'on pouvait imaginer lui donner un âge, était celui d'un garçon qui ne devait pas avoir plus de treize ou quatorze ans. Léa voulut s'enfuir mais la main, glacée, lui serra le poignet avec autorité. Cette main, exagérément grande, attenait à un bâton noueux que recouvrait en partie la manche flottante d'une veste de pyjama rayée de gris et de blanc identique à celle que portaient les hommes descendus tout à l'heure de l'autocar. Le garçon était à quatre pattes. Sans doute sortait-il de l'angle formé par la paroi opposée de la commode et le mur, où il s'était tenu tapi, dans cette chambre nette au point de paraître totalement inoccupée.

Il s'assit sur ses talons et considéra Léa. Dans ce visage immobile de mort vivant, les yeux nocturnes, dont on ne distinguait pas la pupille, brûlaient d'une flamme sourde qui braquait sa lumière noire en dedans d'eux-mêmes, comme si une vision de désastre en avait incendié et révulsé la rétine, ne laissant intacte et capable de regard que la face intérieure. La main qui tenait le pain au chocolat le porta à sa bouche et les dents aux gencives saignantes se mirent à le grignoter avec lenteur et précaution. L'autre main se souleva par à-coups et un doigt toucha une joue de Léa, l'ongle semblable à une griffe s'enfonçant dans la graisse rose où il laissa sa marque en forme de croissant. Puis elle agrippa une mèche de cheveux qu'elle tirailla comme pour en éprouver la solidité. Léa se mit à pleurer en silence. Le doigt essuya une larme et la monta jusqu'à la langue, qui la lécha. Les yeux à la fois aveugles et sagaces s'agrandirent encore comme s'ils s'apprêtaient à engloutir la fillette dans quelque puits profond de vérité visqueuse. Enfin ils se baissèrent vers la boîte de perles et la griffe entreprit de les triturer. Elle les éparpillait, les rassemblait, les entrechoquait avec nonchalance. La main en saisit une poignée, la fit couler dans sa paume, recommença, une fois, dix fois, de plus en plus paresseusement. Et soudain, comme électrocuté, le garçon se redressa, lâcha le pain au chocolat, agrippa les deux bords de la boîte et la renversa sur la tête de Léa. Celle-ci resta d'abord muette devant l'étendue de la catastrophe. Les perles s'étaient répandues sur la moquette, un petit tas reposait au creux de sa jupe, elle en sentait le contact frais sur sa peau, dans l'échancrure de son chemisier, d'autres s'accrochaient à ses cheveux.

– Je ne voulais pas vous mettre en colère, finit-elle par s'écrier avec désespoir tandis qu'une averse multicolore dégringolait dans un tintement cristallin sur les boules de verre minuscules accumulées entre ses cuisses. Je suis seulement entrée ici parce que je cherche mes parents. Je pensais qu'ils étaient peut-être dans une de ces chambres. Il y a trois ans qu'ils sont partis en voyage, vous savez, et ils ne sont pas encore rentrés.

Le garçon s'était affaissé sur ses talons, apparemment épuisé par son spasme. Son visage ne changea pas d'expression mais la main qui était retombée sur la toile rayée se releva lentement et dessina dans les airs une gracieuse arabesque, spirale déroulée en direction de la fenêtre telle une volute de fumée. La bouche se pinça comme pour un baiser grotesque.

– Pfuit, fit-elle.

L'enfant le regarda sans comprendre et, cherchant frénétiquement quelque chose à dire, souffla :

– Je m'appelle Léa.

Un rictus déforma les lèvres desséchées auxquelles des miettes de pain étaient restées collées et de la gorge décharnée, propulsée en avant par une énorme pomme d'Adam qui pointait comme le canon d'un fusil, sortit un premier bruit : un ricanement suivi d'une toux catarrheuse de fumeur invétéré. La main souleva une manche rayée et montra, tatoués sur la peau directement collée à l'os, une série de chiffres bleus. Puis le visage retrouva son impassibilité.

Léa se tut mais, aspirée par le regard en forme d'entonnoir, elle sentait monter en elle une question qui, du fond de son ventre, s'élevait inexorablement jusqu'à sa bouche, malgré tous ses efforts pour la refouler, et qui fusa d'un coup, en vrac.

– Mes parents, vous, mes parents, hein, vous savez où ils sont, pas vrai ?

Le rictus reparut, s'élargit, mais il devait étirer par trop douloureusement les plaies des lèvres et des gencives car il se rétrécit aussitôt. Le garçon se pencha et, avec une précision d'entomologiste fouillant les hautes herbes à la recherche d'insectes rares, retira une à une les perles encore accrochées dans les cheveux de Léa. Puis il lui souleva une mèche, s'approcha au point qu'elle sentit son haleine fiévreuse et, à toute allure, lui chuchota à l'oreille :

– Gazés. Empoisonnés comme des rats. Brûlés dans un four. Changés en fumée noire. Pfuit, tes parents. Pfuit.

Léa eut un haut-le-corps, écarta violemment le bras qui tenait encore sa mèche, se leva d'un bond et, avec un cri étranglé, sortit en courant de la chambre.

Deuxième partie

Chapitre 7

– Cette petite est une ingrate, je vous le dis comme je le pense.

La visiteuse chassa une miette de sa jupe grise dont la longueur new-look cachait ses mollets croisés et trempa son nez pointu dans sa tasse de thé. Le rouge à lèvres laissa une empreinte violacée sur la porcelaine quand elle releva la tête. Elle se tapota la bouche avec sa serviette brodée en prenant soin de ne pas en brouiller les commissures. Sa frange oxygénée frisottait au-dessus de petits yeux méchants qu'elle avait tenté d'agrandir en engluant de mascara noir deux tranches épaisses de faux cils.

– Mais non, dit Jacqueline Gaillac. Lui apporter les vêtements devenus trop petits pour vos filles était très aimable à vous et je vous remercie de votre attention. Simplement, Léa est un peu susceptible. Elle se sera imaginé qu'ensuite, au lycée, on remarquerait que ses robes étaient de seconde main et qu'on la prendrait en pitié. Elle n'accepte que ce qui lui vient de Bénédicte. Ces deux-là passent leur temps à échanger leurs affaires.

115

– Tout de même, de là à me rendre le paquet sans l'ouvrir en me disant qu'elle me remerciait mais qu'elle n'avait pas le même goût que mes filles, et en accompagnant sa réponse d'une révérence que je n'ai pas pu m'empêcher de trouver ironique, il y a une marge.

– Allons, Léa fait toujours la révérence devant les grandes personnes. Elle n'en a jamais perdu l'habitude, quoique Bénédicte se moque d'elle en lui disant qu'à seize ans elle pourrait s'en passer. Elle est très bien élevée, vous savez.

– Je n'en doute pas, puisque c'est à vous qu'elle doit son éducation. Quel courage, quelle générosité vous avez eus, madame Gaillac, en recueillant cette enfant. Quand je pense qu'on ne sait même pas d'où elle sort !

– Léa a perdu ses parents pendant la guerre. Nous n'avons jamais pu, malgré tous nos efforts, trouver trace de sa famille, s'il lui en reste. Son père et sa mère avaient gardé leur nationalité russe. Leur certificat de mariage indique que les grands-parents maternels étaient demeurés en Russie. Avec la situation politique, ce n'est pas le moment d'aller faire des recherches là-bas. D'ailleurs, nous avons essayé, dès 1946, par l'intermédiaire de notre ambassade, mais ça n'a évidemment rien donné. Il y a eu tant de personnes déplacées pendant cette terrible époque. Et puis ces gens étaient déjà âgés. Ils doivent être morts, à présent.

La visiteuse leva les yeux au ciel et soupira. Jacqueline Gaillac la vit prendre congé et s'en aller avec un plaisir qu'elle dissimula à peine sous des regrets de circonstance. « Quelle garce ! » pensa-t-elle dès que la porte se fut refermée. Quand même, il faudrait faire la leçon à Léa. Elle était souvent d'une insolence qui passait les bornes, et si Bénédicte ne lui avait pas sauvé la mise, comme d'habitude, en prétendant qu'elles devaient de toute urgence monter dans leur chambre pour réviser leur bac, elle en aurait sans doute encore rajouté. La situation aurait pu mal tourner et donner lieu à une scène telle que les Gaillac en avaient connu des quantités, depuis ce jour de juin 1945 où, revenant définitivement à Bordeaux, ils étaient allés rechercher leur fille au pensionnat. Bien que débordant de joie à l'idée de repartir avec eux, elle les avait aussitôt entraînés dans le dortoir en compagnie de sœur Saint-Gabriel. Léa dormait sur l'un des lits blancs, dans la grande pièce vide, repliée sur elle-même comme un fœtus dans le ventre de sa mère, le pouce dans la bouche. Le rideau, en s'envolant, gonflé par le courant d'air, s'était posé sur elle, puis retiré avec douceur. Quand elle avait ouvert les yeux, son regard très noir leur avait paru habité par une sombre présence étrangère, exclusivement perceptible pour sa vision révulsée. On eût dit que, pour elle, le monde s'était retourné comme un gant, qu'elle n'en voyait plus que l'envers, grisâtre et rugueux, collé au fond de ses orbites. Elle ne parlait plus, se laissait traîner au réfectoire où elle mangeait du bout des lèvres, les yeux dans le vague, et restait assise là où on la posait, tassée sur elle-même. Ses professeurs n'essayaient même plus d'obtenir d'elle quoi que ce fût. Seule Bénédicte parvenait encore à ranimer ce regard, à y creuser un tunnel.

Que s'était-il passé à Paris pour désespérer ainsi cette gamine difficile mais vivante, même si une certaine apathie, que l'on pouvait d'ailleurs interpréter comme une façon de se tenir en attente, s'était emparée d'elle les derniers temps? Rien, selon sœur Saint-Gabriel. Certes, le spectacle de l'hôtel Lutétia, avec ces déportés revenus dans un état si lamentable, pouvait l'avoir choquée. Elle ne semblait pas, toutefois, leur avoir prêté grande attention. Non, personne ne lui avait rien dit qui pût lui avoir fait pressentir ce qu'avait été le destin de ses parents. Elle avait peut-être deviné, au discours de leur interlocutrice, que ceux-ci risquaient de ne pas revenir. Mais elle paraissait, ce jour-là, si convaincue du contraire qu'elle avait donné à la religieuse l'impression de ne pas même écouter. Quoi d'autre? Ah si, un détail, elle avait perdu sa boîte de perles, retrouvée le jour même chez la concierge de son ancien appartement, et à laquelle elle semblait beaucoup tenir. Mais sans doute s'était-elle tout simplement rendu compte, en l'ouvrant, qu'elle était devenue trop grande pour jouer à enfiler des colliers. En tout cas, elle avait refusé de retourner la chercher. Apparemment, elle n'avait qu'une idée en tête à ce moment-là: quitter l'hôtel.

Sœur Saint-Gabriel ne savait trop que faire d'elle. C'était une si lourde responsabilité. Mais l'idée de la confier à une institution, comme on le lui avait conseillé à Paris, lui répugnait. Elle s'était attachée à cette petite, au fil des années. Et puis, c'eût été courir le risque de la laisser retomber entre les mains des Juifs qui, disait-on, recherchaient dans tous les pays occupés leurs enfants orphelins pour peupler la Palestine. Elle n'avait rien contre les Israélites, évidemment, ces pauvres gens avaient amplement payé leur crime contre le Christ. Mais les parents de Léa l'avaient fait baptiser. Même s'ils s'étaient convertis pour des raisons de circonstance, dans le but de la protéger, elle appartenait maintenant à la religion catholique. Son âme était sauvée, voilà l'essentiel. A cheval donné, on ne regarde pas les dents. Le couvent, bien sûr, pouvait la garder. Il n'y aurait pas de problèmes financiers. S'il s'avérait que, décidément, son père et sa mère n'étaient plus en vie, on n'aurait aucune difficulté à obtenir pour elle le statut de pupille de la Nation, ce qui lui assurerait jusqu'à sa majorité une pension suffisante pour couvrir ses frais d'entretien. Elle achèverait ses études primaires, puis secondaires, et, comme elle était visiblement douée, elle n'aurait aucun mal ensuite à décrocher une bourse qui la conduirait à l'Université. A moins qu'elle ne manifestât, entre-temps, une vocation religieuse. Le malheur y portait souvent. Auquel cas la communauté ne serait que trop heureuse de l'accueillir en son sein. On attendait d'un jour à l'autre le retour de la mère supérieure. Sœur Saint-Gabriel, qui s'échauffait de plus en plus au cours de ce monologue, tant son élan de charité l'inspirait, déclara qu'elle se faisait fort d'obtenir son accord.

C'est alors que Bénédicte intervint. Elle s'était assise sur le lit de l'enfant et lui tenait la main.

– Léa ne peut pas rester au pensionnat, dit-elle. D'abord, elle y a trop de mauvais souvenirs. Et puis, les autres élèves ne l'aiment pas beaucoup. Ici, elle serait malheureuse. Même si vous êtes très gentille avec elle, ma sœur, se hâta-t-elle d'ajouter. D'ailleurs, à moi, elle me manquerait terriblement.

En prononçant cette dernière phrase, elle leva vers ses parents ses grands yeux bleus. On résistait mal au regard bleu de Bénédicte, non parce qu'il quémandait ou suppliait, mais parce qu'il s'intéressait tellement aux autres, il en attendait tant, qu'il aurait fallu se faire violence pour le décevoir.

Jean-Pierre Gaillac se gratta la gorge.

– Les grandes vacances commencent dans quelques jours, dit-il. Nous pourrions emmener Léa dans notre villa de Saint-Palais. Elle a été épargnée par les combats qui ont précédé la libération de la région. Les deux filles se referaient une santé, elles en ont toutes les deux besoin, après ces angoisses et ces restrictions. Elles se rétabliraient sans doute mieux ensemble. Et puis, à la rentrée prochaine, on verra bien. S'il n'y a toujours pas de nouvelles des parents de Léa, il sera temps d'aviser.

Bénédicte se retourna vers son amie. Le visage de Léa s'était remis à vivre. Elle se leva, regarda silencieusement sœur Marthe, appelée, empaqueter son maigre baluchon, refusa d'un signe de tête d'aller dire adieu à ses camarades comme l'aînée le faisait, prit congé des religieuses sans se laisser embrasser, avec son éternelle révérence, quitta la pension sans un mot.

À Saint-Palais, les Gaillac eurent l'intelligence d'abandonner les deux filles à elles-mêmes. Léa ne leur parlait toujours pas et se bornait à suivre Bénédicte comme son ombre. Le matin, à peine leur café au lait avalé, elles disparaissaient, nu-pieds, filiformes dans leur maillot de bain identique, à larges bretelles, en coton rayé rouge et blanc. Pour avoir l'esprit tranquille, on leur avait imposé une seule contrainte : apprendre à nager. On les inscrivit dans un club de natation où professeurs et élèves prirent tout naturellement Léa pour la petite sœur de Bénédicte. La demi-heure de cours achevée, elles jouaient dans les vagues, interminablement, comme si elles craignaient de ne jamais avoir assez d'embruns, d'écume et d'eau, si possible violente, pour récurer leur corps encrassé par des années de réclusion. Entre deux bains, cheveux au vent, grelottant dans leurs serviettes d'où n'émergeaient que leurs mollets croûtés de sel, elles ramassaient des coquillages que leur disputaient les mouettes criaillantes. Elles les rapportaient triomphalement à l'heure du déjeuner et les laissaient pourrir dans un seau sur le rebord d'une fenêtre, personne n'ayant le courage de faire cuire une dizaine de palourdes et deux ou trois coques racornies. Pendant la sieste obligatoire, elles retournaient dans leur monde imaginaire. Les aventures d'Éric et Christian prenaient simplement, dans la bouche de Léa, une tournure qui étonnait Bénédicte et la mettait mal à

121

l'aise : les deux héros de la Résistance, transformés en vengeurs impitoyables, tondaient les femmes, inventaient pour leurs prisonniers des tortures inédites, des châtiments macabres, mutilaient, fusillaient, incendiaient, massacraient à tour de bras. Une lueur méchante s'allumait alors dans les yeux de la narratrice. Quand l'atmosphère devenait trop lourde, l'invention trop perverse, son amie tentait de rectifier le tir ou, si l'imagination lui manquait, faisait semblant de s'endormir pour interrompre la séance. Elle avait tenté une seule fois d'obtenir une confidence sur ce qui s'était passé à Paris et abandonné aussitôt en voyant Léa se refermer et son regard se ternir.

L'après-midi se passait en longues balades à vélo, vieilles machines rouillées trop grandes pour elles, aux pédales grinçantes et à la selle déchirée, que les deux filles avaient pourtant maîtrisées en quelques jours et qu'elles montaient en danseuses. Elles couraient les environs, découvraient partout des traces de la guerre, la poche de Royan n'ayant été libérée que trois mois auparavant, en avril 45 : pièces éparses de jeeps carbonisées, aile d'avion fichée dans la terre meuble d'un champ de trèfle abandonné, fermes éventrées, cartouches qu'elles tripotaient de leurs petits doigts agiles et fourraient dans la poche de leur short, gros cylindres de bombes qui n'avaient pas explosé. Elles couchaient leurs bicyclettes sur le talus et se glissaient sous les barbelés, en les soulevant avec précaution, l'une pour l'autre, afin de ne pas déchirer leur chemisette. Elles descendaient, sur les plages désertes, dans les blockhaus vides au sol tapissé de sable humide et glacé, qui recelait parfois des douilles de mitrailleuses. Souvent, des petits garçons qui jouaient à la guerre rampaient autour, un fusil de bois grossièrement taillé à la main, et sur la tête un vrai casque de soldat bourré de chiffons pour l'empêcher de leur tomber jusqu'aux lèvres. Elles les regardaient avec dédain. On racontait que, avant de s'enfuir, les Boches avaient semé dans les campagnes des stylos piégés et des bonbons empoisonnés pour tuer les enfants de France. Elles en cherchaient partout avec espoir mais n'en trouvèrent jamais. Elles repérèrent en revanche quantité de tunnels, de trous, dans lesquels des maquisards s'étaient terrés, et les explorèrent jusqu'au dernier. Un jour, elles tombèrent, dans un bois de pins, au beau milieu d'une clairière tendrement réchauffée par le soleil, sur un char intact, le canon, dans lequel des oiseaux avaient fait leur nid, paisiblement pointé vers le ciel bleu. Bénédicte fit la courte échelle à Léa qui passa la tête dans l'habitacle, vit le sol jonché de débris, couvert de taches sombres, et redescendit en fronçant le nez de dégoût.

Après deux mois de ce régime, les Gaillac, qui ignoraient tout de ces expéditions dangereuses, constatèrent que les deux filles s'étaient remplumées. Propriétaires depuis des années de cette villa à Saint-Palais, ils connaissaient bien les fermiers des environs et, grâce à eux, s'approvisionnaient mieux qu'à Bordeaux, encore soumise aux restrictions. Léa et Bénédicte avaient grossi et pris des couleurs. Le soir, en les

123

regardant serrées l'une contre l'autre, cheveux mélangés, tournant tour à tour les pages du même livre, dans l'un des gros fauteuils de cuir éraflés et pâlis par le sel, dont les plis et les creux crissaient, pleins de sable accumulé d'un été à l'autre, leurs quatre plantes de pied couvertes d'une couche épaisse de corne se chevauchant sur l'accoudoir, ils sentaient bien qu'à la rentrée il serait impensable de les séparer.

Léa se montrait d'ailleurs facile. Elle ne rechignait pas devant les rares corvées, épluchage, vaisselle, courses à la poissonnerie pour en rapporter crabes ou homards vivants qui grimpaient le long des parois du panier mais dont elle n'avait pas peur et dont elle emprisonnait les pinces avec autorité au moyen d'un élastique quand son amie, moins hardie, renâclait. En mettant la table avec Bénédicte, elle alignait impeccablement couteaux, fourchettes et verres. Elle ne parlait toujours pas beaucoup aux grandes personnes mais se comportait vis-à-vis d'elles avec une extrême politesse, se levait d'un bond dès qu'elles entraient dans la pièce, n'oubliait jamais de compléter ses rares phrases par un Monsieur ou Madame très cérémonieux. Simplement, elle gardait ses distances et se dérobait devant les contacts physiques : si Bénédicte se blottissait souvent contre sa mère, lui enlaçait la taille de ses bras, aimait à s'asseoir sur ses genoux malgré ses dix ans, Léa, elle, n'acceptait avant de monter se coucher qu'un baiser sur le front. Les deux filles dormaient dans la même chambre, largement ouverte sur la mer. Elles avaient rapproché leurs lits jumeaux, tendus d'une étoffe bleu marine à fleurs blanches. Un soir, prise d'un irrésistible besoin de tendresse que, par délicatesse instinctive, elle réfrénait d'habitude en présence de son amie, Bénédicte appela sa mère et lui demanda de lui chanter une berceuse, comme quand elle était petite. La jeune femme s'assit au bord de son lit et s'exécuta, après avoir reproché en riant à sa fille de se conduire comme un bébé. Elle avait une jolie voix, harmonieuse et juste. Elle se mit à fredonner :

Les p'tits papillons dorés volent, vo-olent, volent,
Les p'tits papillons dorés volent dan-ans les prés.
Les petits poissons d'argent nagent, na-agent, nagent,
Les petits poissons d'argent nagent dan-ans l'étang.
Et les p'tits enfants chéris dorment, do-orment,
    dorment,
Et les p'tits enfants chéris dorment dans leurs p'tits
    lits.

Après avoir terminé, elle remarqua que Léa, sa garde baissée, la contemplait avec confiance. Elle saisit l'occasion pour s'approcher de l'enfant, lui caresser la tête et lui dire doucement :

– Je sais que tu penses à ton papa et à ta maman. Eux aussi pensent à toi, où qu'ils se trouvent.

Léa se rembrunit.

– Je n'ai ni père ni mère, déclara-t-elle d'une voix cassante. Je n'en ai jamais eu.

Et elle se retourna sur son oreiller. Mme Gaillac se le tint pour dit et n'aborda jamais plus le sujet.

Le mois de septembre s'achevait. Sans dire aux

enfants les motifs de son absence, elle alla passer la journée à Bordeaux, où elle rejoignit son mari qui avait repris ses fonctions de magistrat interrompues pendant la guerre par son départ volontaire pour Londres et ne venait plus au bord de la mer que pendant les week-ends. Ils se rendirent ensemble au pensionnat pour avoir une conversation avec sœur Saint-Gabriel et avec la mère supérieure, rentrée du Canada. Non, on n'avait aucune nouvelle des parents de Léa mais il ne fallait pas désespérer. Même si beaucoup de Juifs étaient morts, disait-on, dans ces camps de concentration épouvantables, nombre d'entre eux avaient dû survivre, que les difficultés des communications et des transports empêchaient sans doute encore de revenir.

Jean-Pierre Gaillac se décida alors à raconter ce que sa femme et lui taisaient depuis leur retour, moitié par incapacité à décrire les choses qu'ils avaient vues, moitié par crainte de ne pas être crus. Entrés dans le camp d'Ohrdruf avec un détachement français, à la suite de l'armée américaine, ils avaient assisté à la visite que le général Eisenhower avait organisée pour ses troupes en déclarant que si les soldats américains ne savaient pas pourquoi ils se battaient, comme on le lui répétait souvent, ils le sauraient désormais. Ils dirent, le plus succinctement possible, les monceaux de cadavres décharnés, entassés comme des bûches, les châlits infestés de poux, les potences, les travaux forcés meurtriers, les fouets, les chiens, les crématoires, les fosses communes où l'on déversait à la pelleteuse les corps par milliers avant de les recouvrir de chaux, les rares survivants si épuisés qu'ils mouraient encore par centaines, en quelques minutes, sous les yeux de leurs sauveteurs. Le général Patton lui-même, aussi endurci qu'il fût par des années de guerre, s'était réfugié pour vomir derrière un baraquement, en voyant pour la première fois ce spectacle. Et Auschwitz, disait-on, avait été pire encore : là, on exterminait les Juifs, enfants compris, par dizaines de milliers, avec des gaz empoisonnés, comme des rats.

– Léa ne retrouvera jamais ses parents, finit-il par déclarer aux religieuses épouvantées. Je l'ai observée pendant les vacances. Elle n'a plus qu'une personne au monde : Bénédicte. Il s'est passé entre elles quelque chose d'inexplicable, disons un coup de foudre d'amitié. Notre fille est seule capable de l'aider à survivre. Nous ne pouvons, nous, que rendre cela possible. Nous vous proposons donc d'accueillir Léa chez nous, de l'adopter éventuellement si l'on nous y autorise. Qu'en pensez-vous ?

Les religieuses, sous le choc, acquiescèrent, pressentant peut-être que le malheur de l'enfant et les soins qu'il faudrait lui apporter outrepassaient les ressources de la charité ordinaire. Elles n'avaient d'ailleurs aucune possibilité légale de s'opposer à ce projet. Le frère de sœur Marthe, leur seul lien avec les parents de Léa, avait été abattu par les Allemands avant leur fuite en même temps que des dizaines d'autres résistants tirés de leurs prisons. En outre, sa qualité de magistrat et ses titres de combattant permettraient à leur interlocuteur d'imposer sa volonté aux autorités judiciaires.

– Nous n'inscrirons pas les filles dans votre pensionnat à la rentrée, ajouta-t-il, se hâtant d'administrer le coup de grâce avant qu'elles n'aient repris leurs esprits. Nous vous sommes profondément reconnaissants de ce que vous avez fait pour elles, mes sœurs, croyez-moi, mais elles ont besoin, l'une comme l'autre, d'oublier, de retrouver des préoccupations plus conformes à leur âge et, pour cela, un changement de cadre est indispensable. Elles reviendront vous voir, ne vous inquiétez pas, mais quand elles l'auront décidé elles-mêmes. D'ici là, il faut qu'elles vivent dans les conditions les plus éloignées possible de ce qu'elles ont connu jusqu'ici.

C'est ainsi que, après les vacances, Léa s'installa définitivement chez les Gaillac. Ils ne purent l'adopter et lui donner leur nom, en dépit de leur souhait, car, aux termes de la loi, ses parents n'étaient pas considérés comme morts mais seulement comme disparus et un certificat de décès ne serait délivré que dix ans plus tard, date à laquelle l'enfant aurait presque atteint sa majorité. En l'absence de tout tuteur légal, auquel son père ou sa mère l'auraient confiée dans les règles avant leur départ, personne ne pouvait leur déléguer ce pouvoir. Léa serait donc pupille de la Nation mais ils en auraient la charge, tant qu'un membre de sa famille ne se ferait pas connaître. De retour à Saint-Palais, les Gaillac expliquèrent la situation à Léa, en présence de Bénédicte, et lui demandèrent si elle acceptait de rester chez eux en attendant l'hypothétique retour de ses parents. Elle ne releva pas l'allusion à sa famille et, au contraire de son amie, qui sautait de joie, n'exprima que les remerciements exigés par les circonstances.

On les inscrivit à Mondenard, au petit lycée, toutes deux en septième. Avec deux années d'avance dans le cas de Léa, mais les religieuses avaient certifié qu'à huit ans, précoce par nature et par nécessité, elle était en mesure de suivre cette classe. Tout le monde, d'ailleurs, les Gaillac compris, estimait que la séparer de Bénédicte, même pendant les heures de cours, eût été hasardeux, et que, pour faciliter son retour à la vie normale, le travail serait d'un grand secours. On les habilla de neuf pour la rentrée, en pull-overs rouges faits de laine détricotée et jupes grises, grâce à une couturière qui n'avait pas son pareil pour dénicher des coupons de tissu, généralement réquisitionnés chez des commerçants arrêtés pour faits de collaboration. On parvint même à les chausser de souliers en vrai cuir. On coupa, sur sa demande, « à l'aiglon » les cheveux de Léa, qui, pour une fois, laissa passer dans son regard une lueur de plaisir en se sentant délivrée du poids de sa toison crépue impossible à démêler et en se découvrant dans la glace une toute nouvelle tête de berger. On ne put leur trouver que des cartables en carton bouilli, qui furent bientôt remplis de livres et de cahiers.

Au lycée, en ce mois d'octobre 1945, personne ne connaissait leurs aventures. L'indignation soulevée par la révélation des crimes nazis, la mauvaise conscience, l'interdit auquel était soumis l'antisémitisme valaient aux rares élèves juives une sympathie, au moins de surface. Le nom de Lévy ne provoqua donc aucune réaction désagréable, ni de la part des professeurs ni de la part des élèves. Bénédicte présentait d'ailleurs Léa comme sa cousine pour expliquer qu'elle vécût à la même adresse. Elle fut acceptée et aurait sans doute été aimée si elle n'avait opposé à toute tentative de rapprochement un mépris glacé. Dans la cour de récréation elle se tenait à l'écart, refusait de participer à ce qu'elle appelait des jeux de bébé, même si elle était de beaucoup plus jeune que ses compagnes, et attendait, sans jalousie mais avec une dédaigneuse indulgence, le retour de Bénédicte quand celle-ci, poussée par son tempérament sociable, courait se mêler à une partie de béret ou de ballon prisonnier. En classe, elle brillait dans toutes les matières et considérait ses places de première comme un dû qu'il ne faisait pas bon lui disputer. Elle absorbait tout, histoire, géographie, calcul, leçons de choses, avec une extrême facilité et sa mémoire lui permettait de ressortir, à toute vitesse et sans en omettre un mot, les leçons apprises. Mais ses professeurs remarquaient qu'à la différence des autres elle ne demandait jamais d'explications, ne semblait s'interroger sur rien, comme si le domaine scolaire représentait pour elle un autre univers, sans le moindre lien avec la vie, qu'il fallait assimiler pour complaire aux adultes et s'en faire respecter, sans pour autant avoir besoin de s'y intéresser.

Les parents de Bénédicte habitaient un bel appartement cours de Verdun, près du Jardin public. Ils laissaient beaucoup de liberté aux deux filles, qui allaient à pied au lycée le matin, par les petites rues, et en revenaient de même. Le jeudi, elles prenaient souvent le tram et couraient la ville en évitant, par un accord tacite, le quartier de la gare Saint-Jean et du pensionnat dont elles ne parlaient jamais. Il y eut encore bien des règlements de comptes, à Bordeaux, pendant l'année 1946, même s'ils avaient lieu à présent dans les formes, contrairement à ce qui s'était passé aussitôt après la Libération. On ne comptait plus les immeubles sur lesquels des mains anonymes avaient tracé à la peinture noire des croix gammées ni les boutiques fermées « pour cause de désinfection ». Le journal *Sud-Ouest* affichait chaque jour dans sa vitrine ses pages qui annonçaient les exécutions, racontaient les procès en cours, résumaient les verdicts. On voyait, collés sur les murs, sur les arbres, des tracts réclamant l'arrestation de collaborateurs, parfois signés « docteur Guillotin ». Léa, au cours de ces promenades, s'arrêtait devant chacun d'eux, les lisait de la première ligne à la dernière, avec délectation. Bénédicte avait pris l'habitude de ces arrêts prolongés et en attendait la fin sans impatience. Elle se retournait, tirait de sa poche une craie, se penchait et, ses cheveux noirs dans les yeux, traçait une marelle sur le trottoir. Ou alors, elle sortait de son cartable sa corde à sauter et se lançait, mollets serrés, dans une série de fouettés qu'elle comptait de sa voix chantante. En tout cas, elle s'arrangeait toujours, dans ces moments-là, pour éviter de regarder son amie et de voir le petit sourire dur qui lui étirait les commissures des lèvres.

A la rentrée 1946, Léa avait neuf ans, Bénédicte onze. Elles passèrent toutes deux en sixième sans difficulté et continuèrent à se répartir les premières places. Elles se complétaient, la plus jeune étant meilleure en histoire et en latin, l'aînée en littérature française, ce qui leur permettait de ne faire chacune que la moitié de leur travail scolaire et de tricher à la plupart des compositions puisqu'elles s'asseyaient toujours côte à côte. La constance de leur amitié surprenait et amusait. Les autres élèves avaient appris, parfois à leurs dépens, qu'il ne fallait pas essayer de la briser et que, d'ailleurs, du côté de l'aînée, elle n'était pas exclusive. Dès que les films de Laurel et Hardy firent, le dimanche, leur apparition tremblante et saccadée sur les draps blancs tendus dans les salons des familles bourgeoises, il se trouva, à chaque rentrée scolaire, un groupe de gamines pour se mettre à chanter, en voyant Bénédicte et Léa entrer, vêtues en sœurs jumelles, dans la cour de récréation :

> *Moi et lui et lui et moi*
> *On est toujours ensemble.*
> *Moi et lui et lui et moi*
> *On est comme des frères siamois.*

Elles haussaient les épaules et se mêlaient aux autres, la plus jeune restant légèrement en retrait. Les professeurs, eux, montraient plus de méfiance devant cette relation comme, d'ailleurs, devant leur réussite scolaire. Ils soupçonnaient les tricheries mais Léa les mettait mal à l'aise. Elle n'avait l'air de rien, minuscule qu'elle était par rapport aux autres, frêle et bouclée, dans sa blouse d'uniforme, à petits carreaux alternativement bleus ou roses selon la semaine, mais son regard, flaque noire et opaque qui se posait sur les gens sans paraître les voir, leur donnait l'impression de ne pas pouvoir l'atteindre. Plusieurs s'y essayèrent, cependant, au fil des années, soit par agacement ou esprit de vengeance, parce qu'elle avait brisé l'élan lyrique d'un cours de littérature par une remarque sarcastique ou posé une question embarrassante pendant une leçon de morale, soit par bonté parce qu'ils sentaient que chez cette fille intelligente quelque chose ne tournait décidément pas rond. Elle restait rebelle à toute tentative d'approche. On la croyait de santé fragile parce qu'elle disparaissait assez souvent pendant une journée ou deux et que ses bulletins d'absence invoquaient pour excuse des bronchites ou des angines. On ignorait que Bénédicte les falsifiait en imitant l'écriture de sa mère. Sa propre présence aux cours, la candeur de son regard bleu quand elle tendait le bulletin à Mme le censeur tuaient dans l'œuf tout soupçon.

Bénédicte elle-même ne savait pas où allait son amie quand elle courait ainsi les rues. Elle ne le lui demandait plus depuis qu'un jour celle-ci lui avait fait jurer de ne jamais lui poser de questions et de garder le secret sur ses sorties. Elles avaient même échangé leur sang, pour marquer le caractère sacré de ce serment, en se tailladant tour à tour le poignet avec un canif et en frottant l'une contre l'autre les deux plaies. Les filles se retrouvaient à l'heure de la sortie des classes, à mi-chemin de la maison, dans un lieu convenu à l'avance, un hangar désaffecté où Léa cachait parfois son cartable pendant ses fugues. Elles rentraient main dans la main, dévoraient leur goûter comme si de rien n'était, expédiaient leurs devoirs, se jetaient à plat ventre pour lire l'un des gros volumes reliés de rouge dont la bibliothèque des Gaillac était riche et dont on leur laissait la libre disposition.

Les parents de Bénédicte eux aussi, malgré toute leur indulgence, se posaient quelques questions sur Léa. Ils avaient été souvent convoqués au lycée pour s'entendre dire que, si l'on ne trouvait rien de précis à lui reprocher, si son travail scolaire restait excellent, quoique impersonnel, on s'étonnait du peu de sociabilité qu'elle manifestait, au contraire de Bénédicte qui, malgré ses liens privilégiés avec elle, avait des rapports heureux et faciles avec les autres. Et puis, cette élève, par toute son attitude, exprimait l'insolence, même si elle observait, presque à l'excès, toutes les formes de la courtoisie. Elle ne riait jamais : elle ricanait. En troisième, elle fut exclue pendant deux jours pour avoir publiquement démoli, avec une rare méchanceté, l'excellente explication de texte, lue en classe par le professeur de français, d'une de ses camarades à propos du poème de Paul Eluard : « Liberté ». D'un commentaire inspiré sur la noblesse du peuple français étouffé par l'occupant et qui s'était levé en masse pour le jeter dehors, elle avait, par exemple, déclaré : « C'est bizarre, mais quand monseigneur Feltin a célébré son Te Deum, à la cathédrale, en septembre 44, tu te souviens, Bénédicte, les bonnes sœurs nous y ont traînées, et tout le monde l'a ovationné, eh bien, j'y ai vu les mêmes têtes que l'année d'avant, pour la cérémonie en honneur de Jeanne d'Arc avec le maréchal Pétain. C'est ça, les gens qui se sont levés en masse pour bouter l'occupant hors de France, comme dit notre camarade ? »

Jean-Pierre Gaillac ne put retenir une légère grimace en entendant cette histoire. La guerre était un sujet que Léa n'abordait jamais à la maison. Elle restait d'ailleurs peu bavarde, en tout cas avec eux. Sa femme lui avait fait observer que l'exquise politesse de la petite, qui refusait malgré leurs avances de les appeler par leur prénom, ou de les nommer « mon oncle » et « ma tante », mais s'obstinait encore après plusieurs années à leur donner du Monsieur et du Madame, cachait une certaine arrogance. Elle avait, entre autres, remarqué que Léa s'arrangeait toujours pour dire le moins possible « s'il vous plaît » ou « merci ». Elle employait des périphrases, d'ailleurs toujours fort bien tournées. Elle continuait aussi à ne les embrasser que du bout des lèvres. A quoi attribuer cette froideur, alors même que Léa semblait heureuse chez eux ? Elle était orpheline, certes, mais des orphelins, la guerre en avait tant fait !

Les Gaillac discutaient souvent de tout cela ensemble,

ils en parlaient avec Bénédicte, sans insister, pour ne pas lui donner l'impression qu'ils lui demandaient de trahir son amie. Leur fille n'avait pas d'explication à leur offrir, elle disait trouver Léa parfaitement normale. De temps à autre, cependant, en voyant se poser sur eux ce regard sans lumière, ils se sentaient effleurés par le souvenir indicible de ce qu'ils avaient vu à Ohrdruf et ils pensaient que Léa n'avait pas perdu ses parents dans des circonstances banales. Mais, de ces horribles détails, l'enfant ne pouvait rien savoir. Ils l'avaient protégée de tout pendant les années de l'immédiat après-guerre, quand la vérité s'était fait jour, cachant les journaux, éteignant la radio quand elle entrait, interdisant à leurs amis toute conversation sur le sujet en sa présence. Et maintenant, en ce début des années cinquante, on ne parlait pratiquement plus de ce qui était arrivé aux Juifs pendant la guerre. Eux-mêmes, selon toute apparence, ne le souhaitaient pas. Non, de tout cela, Léa ne pouvait rien savoir.

Chapitre 8

Ils se trompaient. Léa savait tout. Du moins tout ce qu'il lui avait été possible d'apprendre au cours de ces années. Dès le mois d'août 1945, à Saint-Palais, elle avait découvert la TSF, malgré l'interdit. En vacances, les Gaillac se levaient tard. De leurs années au pensionnat, les filles gardaient le sommeil léger des nuits d'alerte et l'habitude des réveils matinaux. A six heures quinze tapantes, elles ouvraient les yeux ensemble. Après un regard vers son amie, Bénédicte se retournait et enfouissait sa tête sous son oreiller. Léa se levait, enfilait sa robe de chambre, chaussait ses pantoufles et descendait avec précaution l'escalier grinçant. D'une main elle effleurait la rampe ; de l'autre, elle relevait les pans du gros tissu de peluche bleue taillé, comme le vêtement de son amie, dans un vieux rideau qui avait servi à masquer les fenêtres pendant la guerre. A cette heure, le petit jour qui filtrait par le vasistas éclairait à peine les marches mais elle aurait pu s'orienter en aveugle, sans même tâtonner, dans le noir absolu, tant l'itinéraire lui était familier.

Elle poussait la porte vitrée de la petite pièce, strictement réservée à l'usage des parents, où trônait le gros poste de TSF. Sa taille lui permettait de se blottir entre l'accoudoir du divan défoncé, en velours côtelé marron élimé, et le mur perpétuellement humide. Elle tournait le bouton et collait son oreille à l'un des deux haut-parleurs dont l'orifice circulaire affleurait sous un revêtement qui semblait de raphia jaune, afin de régler le son le plus bas possible. Elle résolvait le problème de l'écran lumineux dont la tache claire risquait de la trahir en le masquant avec son mouchoir après avoir réglé l'aiguille oscillante sur le Programme National qui diffusait à six heures trente le premier Journal parlé.

Elle écouta ainsi tous les comptes rendus du procès qui s'acheva par la condamnation à mort du vieux Maréchal, aussitôt gracié. A huit ans, elle ne comprit pas tout mais elle remarqua qu'il y était beaucoup question d'intelligence avec l'ennemi, de trahison, d'humiliation infligée à la France, et jamais du destin de ceux qu'on appelait les « déportés raciaux ». De même pour le procès Laval qui eut lieu peu de temps après, en octobre, et qu'elle suivit à Bordeaux selon les mêmes méthodes d'écoute clandestine, dont les horaires variaient selon les heures de lever et de coucher, de présence et d'absence des parents. Ce fut très tard le soir du 15, alors qu'ils étaient montés dans leur chambre, et seulement après avoir longtemps attendu dans le noir avant d'oser descendre pour ne pas manquer le dernier bulletin d'informations, qu'elle put savourer la phrase laconique d'un jeune reporter : « 12 h 39, Laval a expié. » Cette nuit-là, ivre de joie, elle se planta dans les cheveux une plume de poule qu'elle gardait précieusement depuis le dernier déjeuner dominical et exécuta au milieu du salon, entre les meubles ténébreux, une danse de Sioux accompagnée d'incantations magiques.

Celui que l'on avait ressuscité après sa tentative de suicide pour le conduire, en gilet blanc barré d'une écharpe tricolore, devant le peloton d'exécution proclamait quelques jours plus tôt encore que les Juifs étrangers, comme les parents de Léa, avaient été sacrifiés dans le but de sauver les Israélites français. Ceux-ci, pourtant, s'étaient vu rapidement retirer leur nationalité, pour, une fois affublés de l'étoile jaune, redevenir des Juifs ordinaires. Juifs ? Israélites ? Léa ignorait ce que ces mots signifiaient et, à vrai dire, s'en moquait. Dès son départ du pensionnat, elle avait déclaré à Bénédicte qu'elle ne croyait pas en Dieu, parce qu'il ne pouvait pas exister d'Être Tout-Puissant assez méchant et stupide pour créer les hommes à seule fin de les exterminer. Son amie s'était rendue sans résistance à cet argument. Ses parents ne pratiquaient pas. Pour elle aussi, les séances de catéchisme, les messes interminables dans la chapelle glaciale, l'hostie cartonneuse posée sur le bout de la langue et qu'il ne fallait surtout pas mâcher sous peine de mort immédiate (mais les deux filles l'avaient fait cent fois, d'abord le cœur battant, puis par provocation routinière), tout cela appartenait à un passé sordide et irréel.

Bénédicte couvrait les séances de TSF comme le reste. A Saint-Palais, lorsque les adultes, en fin d'après-midi, proposaient aux deux filles d'aller boire avec eux une limonade au café de la plage pendant qu'eux-mêmes sacrifiaient à l'apéritif redevenu rituel, elle acceptait pour son propre compte tandis que Léa refusait, ce qui n'étonnait personne tant elle persistait à garder ses distances. Quand arrivait l'heure de préparer le dîner, elle rentrait en gambadant, courait devant les grandes personnes, les rejoignait en marche arrière, et repartait comme une flèche en chantant à tue-tête afin de les habituer à ce qu'ils prenaient pour un jeu et de se ruer la première dans la maison pour avertir son amie. A Bordeaux, la surveillance était facile, l'appartement restait vide dans l'après-midi : Jean-Pierre Gaillac travaillait tard, son épouse, proche du Parti communiste depuis ses premiers pas dans la Résistance, militait, participait à des réunions politiques, la femme de ménage ne venait que le matin. Aucune porte n'était fermée à clef, le salon restait libre d'accès : rien ne s'interposait entre Léa et le poste de TSF plus neuf que celui de Saint-Palais, dont le couvercle se soulevait pour révéler un pick-up de la marque La Voix de son maître avec le chien à l'oreille dressée assis près du haut-parleur.

Elle découvrit pendant les vacances de Noël 1945, un lundi, à quatre heures de l'après-midi, une émission intitulée « Messages de recherches des prisonniers et déportés » qui repassait très tard le soir et que, par la suite, elle préféra entendre ainsi, à moitié endormie au cœur de la nuit. Pendant quinze longues minutes, une voix impassible lisait dans le silence des listes de noms. Entre chaque phrase elle se taisait longuement. En collant bien son oreille contre le haut-parleur, on entendait une respiration régulière et des bruissements de feuillets retournés. « Paul Weil recherche son épouse Emma et leurs enfants, Hélène, onze ans, Max, dix ans, Françoise, sept ans, Albert, deux ans, partis de Drancy en novembre 42... Élise et Jeanne Ackerman voudraient rencontrer toute personne susceptible de leur donner des nouvelles de leurs parents, disparus respectivement en juillet et octobre 43... André désire retrouver son camarade Jacques, qui, souffrant de dysenterie, est resté au Revier de Buchenwald après la libération du camp... » A chaque pause, les noms s'envolaient péniblement, comme des papillons de nuit aux ailes trop lourdes, et glissaient avec un bruit de succion dans un vaste entonnoir en forme de puits sans fond. Léa se laissait engloutir par cet autre monde qui avait aspiré et noyé toutes ces cohortes de vivants. Elle écoutait ce silence qui persistait un moment, et s'ébrouait comme au sortir de l'eau quand une musique de chambre marquait la fin de l'émission. Si elle était tombée sur celle-ci dès ses origines, aurait-elle entendu un jour la même voix anonyme dire sur ce ton monocorde : « Léa Lévy, huit ans, recherche ses parents disparus du camp de Mérignac en novembre 1942 » ? Les Gaillac auraient très bien pu prendre l'initiative d'une telle quête. Elle ne leur posa jamais cette question inutile.

Léa ne se fit prendre qu'une seule fois, à Saint-Palais, en septembre 47, pendant le procès du premier commissaire aux questions juives, Xavier Vallat, qu'elle suivit avec une attention particulière alors que son amie, terrassée par la grippe, ne pouvait jouer son rôle de sentinelle. Prise sur le fait par les parents qui firent irruption dans le petit salon sans qu'elle les eût entendus venir, elle eut tout juste le temps de tourner le bouton pour brouiller la piste, rougit beaucoup et, les yeux baissés, avoua qu'elle cédait quelquefois à la tentation d'écouter en secret son feuilleton préféré, *Sarn*, qui passait à cette heure sur un autre programme relayé par un émetteur local. Plutôt soulagés de la voir s'intéresser à quelque chose, et même de lui découvrir à dix ans un petit côté fleur bleue, ses tuteurs lui pardonnèrent.

L'année précédente, en effet, ils s'étaient étonnés de la voir revenir silencieuse et sans réactions de sa première séance de vrai cinéma. Pour les onze ans de Bénédicte, Mme Gaillac avait amené les deux filles voir *Autant en emporte le vent*, le film mythique dont les Français attendaient la sortie officielle avec impatience. Des officiers américains en projetaient une copie pour quelques privilégiés dans un club privé de la ville. L'ayant elle-même déjà vu à l'occasion d'une séance antérieure, elle les avait laissées à l'entrée, et était venue les reprendre à la sortie. Elle s'attendait à des cris d'enthousiasme sur les flirts de Vivien Leigh, sur Clark Gable surgissant de son canapé, sur la robe de velours vert taillée dans un rideau. Bénédicte, en effet, avait les yeux rougis, sans doute par les larmes versées sur la mort de Mélanie. Léa, elle, ne pleurait pas et se taisait. Jacqueline Gaillac la crut heurtée par les scènes de guerre, par les morts et les blessés, et s'en voulut de l'avoir exposée à des images qui, peut-être, avaient ravivé ses souvenirs.

Mais Léa n'avait rien vu de l'incendie d'Atlanta, beaucoup plus spectaculaire pourtant, en Technicolor, que les bombardements de Bordeaux. C'est que, avant le film, les projectionnistes d'occasion avaient passé, pour l'édification de ces spectateurs triés sur le volet, un documentaire sur les camps. L'armée soviétique découvrait, en janvier 45, les chambres à gaz et les crématoires d'Auschwitz. Plus tard, à Bergen-Belsen, un jeune soldat anglais pilotait en pleurant, un mouchoir sur la bouche, la pelleteuse qui déversait dans une fosse des milliers de cadavres squelettiques. Les corps décharnés s'effondraient lentement les uns sur les autres, dans des postures d'accouplement grotesques. Les yeux grands ouverts étaient dévorés par les mouches, les bouches béantes se remplissaient de terre. Dans le Petit Camp de Buchenwald, les morts imbriqués les uns dans les autres s'entassaient sur les châlits des blocs. A Mauthausen, deux détenus en soutenaient un autre, réduit à l'état d'ossements que seule leur enveloppe de peau empêchait de s'écrouler comme un tas de fagots. Au retour, sans même chercher d'excuse pour se passer de dîner, Léa monta droit dans sa chambre et, regardant bien en face son amie qui lui avait emboîté le pas, se déchira lentement le visage avec ses ongles. Bénédicte voulut la serrer dans ses bras. Elle se raidit, puis se dégagea avec douceur et se glissa à plat ventre sous son lit, où elle resta toute la nuit. Ce jour-là, son aînée fut bien près d'avouer à ses parents que les problèmes de sa protégée dépassaient les capacités thérapeutiques de ses onze ans mais, fidèle à sa promesse, elle n'en fit rien. Elle excusa Léa, qu'elle prétendit trop impressionnée par le film, et rassembla son courage pour jacasser pendant toute la durée du repas sur les démêlés de Scarlett avec sa nourrice noire et son corset.

A dater de ce jour, l'obsession de l'enfant et son mutisme s'aggravèrent parallèlement. Bénédicte faisait tout pour l'en arracher. Mais le regard hanté de Léa l'inquiétait, au point qu'elle réfrénait sa gaieté naturelle en sa présence. Elle tentait de l'intéresser à autre chose qu'à ce défilé sempiternel d'ombres torturées dont son amie ne cessait de quêter l'évocation à la radio, au cinéma, dans les journaux et dans les livres. Le dimanche, elles allaient souvent, toutes les deux, au marché aux puces de la place Mériadeck qui offrait, au milieu des fauteuils bancals, des cuvettes ébréchées et de l'argenterie noircie, des piles de vieux magazines et des bouquins d'occasion. Bénédicte recherchait la littérature qui manquait à la bibliothèque familiale. En grandissant, elle dévorait tout. Elle passa en quelques années d'Hector Malot ou du *Petit Lord Fauntleroy* à Dumas, Hugo, puis aux romans des sœurs Brontë, qu'elle vénérait. Léa dévorait avec elle, par amitié, par habitude, mais sans amour. Un seul personnage trouva grâce à ses yeux : le sale et noiraud Heathcliff des *Hauts de Hurlevent* qui, devenu adulte, se vengeait comme il convenait sur la seconde Catherine. Elle-même traquait *Point de vue*, *Objectif*, *Action*, *Le Magazine de France*, qui avaient consacré des numéros spéciaux aux crimes nazis et dont elle collectionnait les pages jaunies qu'elle cachait, dans leur chambre commune, sous le papier qui tapissait les tiroirs de leur commode. Des êtres hâves rampaient sur les couvertures grises. Des squelettes éclataient dans les charniers incendiés au lance-flammes. Des corps à demi carbonisés s'empilaient sur des bûchers funèbres. Des prairies de cheveux, des collines de dents, cartographiées avec minutie, demeuraient figées dans l'attente d'un destin inimaginable. Elle tomba un jour sur un livre de souvenirs paru en 1945, le premier sans doute qui eût été écrit par une revenante. Elle en imposa presque la lecture à Bénédicte, qui se laissa convaincre parce qu'elle pensait mieux pouvoir guérir son amie en souffrant elle aussi de ce qui la faisait souffrir.

L'auteur, une jeune femme d'une vingtaine d'années, au nom bien français, y racontait avec simplicité et maladresse ses activités dans la Résistance, sa détention à Fresnes, les seize mois passés à Ravensbrück. Les deux lectrices n'en tirèrent pas la même conclusion.

– C'est bien la preuve, dit Léa, que tout ce qu'on raconte est vrai. Les gens ont été assassinés comme des bêtes dans ces camps, tondus, affamés, torturés, gazés, brûlés dans des fours crématoires. Elle a écrit ça trois mois après son retour. Elle ne peut pas avoir menti. Et maintenant on oublie. On ne veut plus parler de ça. On est en 1948, la guerre n'est finie que depuis trois ans et même les Juifs ne pensent qu'à la création de l'État d'Israël. Ils se fichent de tous leurs disparus. Les Français, encore plus.

— Elle ne s'en est pas fichue, elle, en tout cas, répliqua Bénédicte. Et elle n'est pas la seule. Pense à ces garçons du lycée Montaigne, tout près de notre pensionnat. Ils étaient à peine plus vieux que moi maintenant. J'ai treize ans. L'un d'eux en avait quinze. Ils ont donné leur vie pour la Résistance. Mes parents aussi ont risqué la leur.

— Pas pour les Juifs, souffla Léa, avec rage. Oh non, pas pour les Juifs.

Elle avait mis dans sa réponse tant de conviction et de véhémence que Bénédicte en resta désarmée. Elle se demandait parfois comment leur amitié survivait à cette divergence qui se creusait, de plus en plus profonde, dans leurs préoccupations et leur façon de penser. Ses parents parlaient souvent politique devant elle et, de leurs discussions, auxquelles ils la mêlaient dès qu'elle en exprimait le désir, leur fille concluait que tout mal était guérissable, toute erreur facile à combattre à force de lucidité et d'altruisme. Eux-mêmes n'en apportaient-ils pas la preuve ? Ils avaient compris tout de suite, dès juin 40, où se situait le Bien et agi en conséquence. Si tous les Français s'étaient, comme eux, rangés au côté du général de Gaulle et

146

non derrière le vieux Maréchal, les Boches auraient vite été chassés de France et son amie ne serait pas orpheline. Pour éviter que de pareils drames ne recommencent, il suffisait d'être vigilant et d'accepter de donner sa vie, comme les lycéens de Bordeaux et d'ailleurs. Elle le ferait sans hésiter, si nécessaire. En attendant, on pouvait essayer d'oublier cette guerre et, surtout, trouver *a priori* la plupart des gens sympathiques sans les soupçonner aussitôt, comme le faisait Léa, d'antisémitisme ou de nazisme dès qu'on les rencontrait. Mais, si la vie et la morale lui paraissaient claires et simples, elle n'en comprenait pas moins qu'il n'en fût pas de même pour Léa, qui avait tout perdu par la faute d'un ramassis d'idiots et de lâches et qui, par ailleurs, de deux ans plus jeune qu'elle, n'avait pas encore ses capacités de réflexion, malgré sa réussite scolaire égale à la sienne. Quand elle posait sur son amie son regard bleu, qui avait la propriété d'embellir tous ceux qu'il touchait, elle revoyait le petit fantôme exténué à son retour de Paris, en mai 45, et se disait que, à force de l'aimer, elle finirait par lui démontrer combien la vie était belle.

Mais elle-même ignorait que, sous le papier qui tapissait les tiroirs de leur commode, ne se cachaient pas seulement des récits de journalistes relatant le procès de Nuremberg ou décrivant par le menu les expériences médicales de Joseph Mengele dans le bloc 10 du Stammlager d'Auschwitz. Léa tenait une comptabilité beaucoup plus personnelle de ses vendettas privées. Dans une série de carnets à spirales, elle notait, de son écriture encore enfantine, avec une précision implacable qu'attestaient ratures, renvois, ajouts, collages quasi proustiens, toutes les affaires de collaboration jugées à Bordeaux depuis la fin de la guerre, avec leur conclusion : acquittements, condamnations à l'indignité nationale, à la prison et, de plus en plus rarement à mesure que passaient les années, à mort. Elle demanda en 1950, pour l'anniversaire de ses treize ans, un stylo à bille multicolore qui parut aux Gaillac un cadeau bien modeste mais dont elle accueillit l'arrivée avec, dans les yeux, un éclair de joie très inhabituel qui leur fit grand plaisir tout en les étonnant. C'est que cet instrument lui facilitait la tenue de ses registres, les crayons de couleur dont elle se servait jusque-là se prêtant mal à la calligraphie. Elle put ainsi repasser à l'encre rouge les lettres majuscules et les points d'exclamation qui faisaient ressortir dans le carnet de 1948 l'annonce de la Légion d'honneur décernée au préfet de Constantine, l'ex-secrétaire général de la préfecture girondine, Maurice Papon.

Elle avait longtemps cherché le moyen d'assister en personne aux procès de l'épuration. D'abord par esprit de vengeance. Ensuite parce qu'en écoutant aux portes elle avait surpris une conversation entre les parents de son amie, peu après son arrivée à Saint-Palais, et avait appris dans quelles circonstances exactes elle avait échappé aux mains des gendarmes venus arrêter son père et sa mère, donc au destin des deux cent vingt-six enfants juifs partis de

Bordeaux sous l'Occupation et presque tous exterminés à Auschwitz-Birkenau. Cette scène oubliée comme le reste et qu'elle n'était jamais parvenue à se remémorer malgré ses efforts, elle espérait la revivre un jour en reconnaissant les deux hommes, menottes aux poignets, parmi les autres inculpés. Alors elle saurait vraiment tout : car si leur apparition provoquait l'effet escompté, elle les ferait parler, dût-elle attendre d'être assez grande pour les torturer de sa propre main.

Mais comment une petite fille pourrait-elle s'introduire sans autorisation dans un tribunal militaire ? Celui de Bordeaux était installé rue de Pessac, dans une caserne désaffectée, au sud de la ville, loin de son appartement et de son lycée. Elle sécha les cours à plusieurs reprises pour reconnaître les lieux. S'y rendre n'était finalement pas si difficile : il suffisait de prendre, à la barrière Saint-Médard, le tram n° 9 ou 10 qui la déposait, en une dizaine de minutes, par les boulevards extérieurs, à la barrière de Pessac. Il ne fallait pas prévoir plus d'une demi-heure, marche à pied comprise. Au début, elle n'osa pas trop s'approcher et resta cachée derrière un arbre. Puis, la quatrième ou cinquième fois, elle vit une grosse femme en manteau à carreaux et foulard noué sur la tête qui fouillait nerveusement dans son cabas pour présenter ses papiers à la sentinelle de faction devant les grilles. Trois enfants morveux étaient accrochés à ses basques. Sur une impulsion, elle les rejoignit en courant. La mère, dans son agitation, ne se rendit compte de rien et, quand elle eut enfin retrouvé ses papiers, Léa franchit la porte avec le groupe.

Elle eut ce jour-là l'intuition que son âge, douze ans, et le fait qu'elle en parût deux de moins, loin de la desservir, la serviraient en fin de compte. Pour parachever cet effet inattendu, dès la visite suivante elle apporta son cartable, au lieu de le cacher dans le hangar où elle retrouvait Bénédicte. Elle avait également compris tout l'intérêt d'un tribunal militaire qui jugeait des civils et trouvait, la plupart du temps, une famille à laquelle se joindre. A l'intérieur, elle en cherchait une autre pour se serrer contre elle sur le banc.

Après quelques semaines, craignant d'être démasquée, elle joua son va-tout en optant pour une autre méthode, plus téméraire : elle s'assit carrément sur la première marche de l'estrade qui supportait la table où officiaient les juges. C'était un jeudi mais elle avait gardé son tablier d'école, à carreaux bleus et blancs. Elle tira de son cartable un livre de classe et des cahiers et se mit à sucer son stylo d'un air absent. Contrairement à l'assistance, elle ne se leva pas à l'entrée des magistrats. L'un d'eux, le procureur, surpris par la présence de cette gamine sur laquelle il avait failli buter, lui demanda :

– Mais qu'est-ce que tu fabriques là ?

– Je suis la fille de la dame du vestiaire, répondit Léa. Maman m'a dit de l'attendre ici. Elle ne veut pas que je traîne dans les rues ni que je m'ennuie à la maison toute seule. Et puis il faut bien que je fasse mes devoirs.

– En tout cas, ne reste pas sur cette estrade, lui dit son interlocuteur, embarrassé. Tiens, va t'asseoir dans le coin, là-bas, tu n'auras qu'à écrire sur tes genoux.

Et ainsi, de séance en séance, auxquelles Léa prenait soin de n'assister qu'à intervalles irréguliers, l'écolière maigrichonne qui se muait d'une année sur l'autre, dans l'indifférence générale, en adolescente chétive devint l'un des meubles du tribunal. Personne ne s'interrogeait sur son identité ni ne remarquait que la dame du vestiaire cédait sa place, qu'une deuxième, une troisième lui succédaient et que sa supposée fille restait. Le procureur qui avait à son insu facilité son imposture commença par lui adresser un clin d'œil en faisant son entrée solennelle dans la salle d'audience, finit par lui caresser les cheveux en sortant. Un soir qu'il revenait chercher un dossier oublié, il lui demanda gentiment si le bruit et le remue-ménage habituels ne la dérangeaient pas trop pour travailler, si elle avait de bonnes notes à l'école. Elle se paya le toupet de pleurnicher en réponse à sa question qu'elle ne comprenait rien aux mathématiques : il la fit monter sur l'estrade, dans la salle vide, pour lui expliquer, commodément assis derrière la longue table, un problème de géométrie. Elle en profita pour le raccompagner jusque dans la cour en le tenant par la main, afin d'être vue par la sentinelle qui la laissa par la suite entrer et sortir comme dans un moulin et passa la consigne aux autres. La sollicitude du personnage imposant qui s'était institué son protecteur et

151

même son répétiteur acheva d'anéantir toute possibilité de doute qui aurait pu naître dans la cervelle de quelque fonctionnaire subalterne.

A vrai dire, les devoirs de Léa n'avançaient guère pendant les audiences. Seuls les carnets à spirale se remplissaient de noms que nul, pensait-elle, ne pouvait déchiffrer car elle utilisait pour les transcrire l'alphabet puéril mis au point des années auparavant avec Bénédicte. Pour figurer les condamnations, elle recourait à un code inspiré d'un jeu pratiqué par ses condisciples dans un décor et une intention tout autres : celui du pendu. Le petit personnage accroché à sa potence ne se complétait malheureusement qu'en des circonstances de plus en plus rares. Se succédaient les profiteurs, les collabos, les délateurs. Mais les temps n'étaient plus aux femmes tondues ni aux hommes portant autour du cou l'écriteau « Vendu » menés par une foule gesticulante vers le premier arbre venu pour y être abattus. Les avocats faisaient appel à la clémence du tribunal, invoquaient l'âge de l'accusé, sa situation difficile, ses charges de famille, dénichaient toujours un résistant auquel il avait prêté main-forte, un Juif qu'il avait mis en garde à la veille d'une rafle. Les sentences les plus dures étaient commuées, les lois d'amnistie s'annonçaient, l'épuration ne faisait plus recette. Et Léa dut tracer une dernière fois le pied gauche de son pendu le 2 juin 1953. Elle le fit d'un trait d'autant plus exultant qu'il s'agissait d'une double exécution et que furent fusillés ce jour-là, après trois ans d'attente, sur l'emplacement même du camp de Mérignac, un homme qui avait participé aux atrocités d'août 44 et un autre qui avait travaillé pour la section des affaires juives. Après réflexion, elle coloria les corps en vert espérance et les encastra dans une case noire.

Chapitre 9

Mais ce geste, ce ne fut pas au tribunal militaire qu'elle le fit. Elle n'y était plus *persona grata* depuis près d'un mois. Fin avril, en effet, s'y était ouvert un procès dont elle attendait tout, et en particulier une dernière chance de reconnaître enfin ses deux gendarmes. Afin de pouvoir en suivre toutes les séances, qui devaient s'étaler sur plus d'une semaine, en dehors des vacances scolaires, Léa, qui, d'habitude, fréquentait le tribunal avec une si prudente parcimonie, avait besoin d'un sérieux alibi. Elle eut, cette fois, beaucoup de mal à l'obtenir de Bénédicte, dont les inquiétudes et les doutes tournaient à l'exaspération mêlée de remords, et ne le lui arracha que contre la promesse de borner là ses escapades à l'avenir. Cet engagement, elle le prit d'autant plus volontiers que, les « malgré-nous » d'Oradour ayant été jugés trois mois plus tôt, d'ailleurs avec la plus grande bienveillance, et aussitôt amnistiés, le procès en question était la dernière affaire inscrite sur le rôle du tribunal.

Pour l'administration du lycée, Léa fut donc officiellement atteinte de la scarlatine, maladie qui semait la terreur et obligeait à une stricte quarantaine. Bénédicte l'avait eue tout enfant, on ne pouvait s'étonner qu'elle n'eût pas à craindre la contagion : chaque matin, elle traversait la classe bourdonnante dans les claquements de cartables refermés et de cahiers balancés à grand bruit sur les pupitres, s'approchait de la chaire et y déposait les devoirs dont la fausse convalescente s'acquittait aussi brillamment que d'habitude. Elle répondait avec un regard clair aux questions pleines de sollicitude que les professeurs, tendant le cou au-dessus de leur bureau, lui posaient, l'air grave, sur l'état de son amie et retournait s'asseoir en esquivant adroitement les boulettes de papier mâché expédiées d'une chiquenaude par certaines de ses condisciples, jalouses des succès scolaires que la benjamine de la classe remportait sans même se donner la peine de venir assister aux cours.

Léa décrocha une mention « très bien » au bac blanc que, par exception, elle était censée passer chez elle dans les mêmes conditions que ses compagnes et qu'elle bâcla rue de Pessac avec l'aide enthousiaste du procureur, lequel pensait traiter simplement en sa compagnie, à titre d'exercice, des sujets puisés dans les Annales. Pour lui, elle invoqua une cuti douteuse qui exigeait un repos immédiat et nécessiterait sans doute après l'examen, précisa-t-elle avec un petit sourire courageux, un séjour en préventorium. Elle lui demanda, en outre, l'autorisation d'assister officiellement au procès, ses devoirs terminés. On jugeait, après huit ans de tergiversations, les membres des Kommandos der Sicherheitspolizei und des Sicherheitsdienstes, les KDS de Bordeaux, maîtres d'œuvre de la répression contre les résistants et les Juifs dans toute la région du Sud-Ouest. A seize ans et à la veille de passer la deuxième partie de son baccalauréat, elle ne pouvait, lui dit-elle, que tirer profit de cette audience historique. D'ailleurs, elle espérait entamer l'année suivante des études de droit pour marcher sur les traces de son éminent protecteur, qui lui avait inspiré cette vocation récente. Où trouver meilleure séance de travaux pratiques ? insista-t-elle en toussotant d'un air souffreteux pour achever de l'attendrir.

Il se laissa persuader sans difficulté et l'installa dans les premiers rangs. L'instruction de ce procès traînait depuis tant d'années qu'entre-temps la plupart des inculpés, et en particulier leurs collaborateurs français, avaient disparu dans la nature ou bénéficié de non-lieux. Restaient trois prévenus que Léa dévora des yeux. Des deux principaux, anciens officiers SS qui comparaissaient en cravate et costume croisé, l'un lui parut le prototype du bel Aryen blond, athlétique boucher de la race des saigneurs ; l'autre, plus petit, brun, le front dégarni, celui du bureaucrate exemplaire, discipliné au point d'expédier indifféremment dans une chaudière un rat crevé ou un bébé vivant selon les instructions de ses supérieurs. Ils avaient à répondre de lourdes charges : sévices, tortures, exécutions d'otages et, bien sûr, déportations de Juifs. Elle ne perdit pas une miette des terribles accusations portées contre eux : celles-ci ne pouvaient aboutir qu'à des condamnations à mort dont elle se réjouissait à l'avance. Mais quand ce fut à la défense de réfuter les charges et d'aligner les témoins, le procès prit la tournure devenue habituelle. Les tortionnaires avaient fait preuve au cours de leurs interrogatoires d'une admirable retenue ; ils n'étaient pour rien dans le choix des otages fusillés, ni dans les déportations, leurs ordres venant de Paris. Ils avaient sauvé des résistants, épargné des vies humaines. Au pire, ils s'étaient conduits en soldats, n'accomplissant qu'à contrecœur leur douloureux devoir. Les témoins à décharge se succédaient à la barre : policiers, commerçants, et même un rescapé des camps. A mesure que passaient les jours, Léa, d'abord triomphante à sa place d'auditrice privilégiée, se recroquevillait sur elle-même et pâlissait de rage : ces gens-là étaient directement responsables de la mort de ses parents. Le 5 mai, le verdict tomba : quelques années de prison, couvertes par la préventive. Dès le lendemain, les accusés seraient libres.

C'est au moment où venait d'être prononcée la sentence et où les avocats se retournaient pour congratuler leurs clients que Léa se leva d'un bond et enjamba les bancs en bousculant tous ceux qui lui barraient le passage avec la puissance d'un troisième ligne. Sa jupe rose se prit dans un clou. Elle l'en arracha sans même baisser les yeux pour évaluer les dégâts et, le pan de tissu pendant sur sa socquette, se rua dans la travée centrale. Là, elle se campa, les poings sur les hanches, face au box des accusés, qui ne purent réprimer un mouvement de recul devant cette furie aux larges yeux noirs entourés de cernes bistre et aux cheveux en broussaille moutonnant comme une tignasse de négresse sur un col Claudine brodé de croquet blanc. Elle était si petite et plate de poitrine qu'elle ne paraissait pas plus de treize ans. Elle bomba pourtant le torse au point de faire sauter un bouton de son corsage et, de toutes ses forces, vociféra :

– Hé, vous, qu'est-ce que vous avez fait de mon père et de ma mère ?

L'accusation retentit dans la grande pièce comble comme le tonnerre divin sur le mont Sinaï. Elle fut suivie d'un silence de mort. Enfin l'assistance reprit ses esprits : les avocats protestèrent dans de grands envols de manches, des interjections et des questions fusèrent des bancs, deux gendarmes s'avancèrent pour encadrer Léa, et le procureur donna l'ordre d'évacuer la salle.

Une fois le brouhaha apaisé, il tenta d'arracher à sa protégée quelques explications. Elle se cantonna dans un mutisme obstiné, même quand il la menaça de poursuites judiciaires pour usurpation d'identité et insultes à la majesté de la Justice, au point qu'il dut fouiller son cartable pour découvrir son nom et son adresse. Ainsi, la supposée fille de la dame pipi habitait l'un des quartiers les plus chics de Bordeaux, entre les allées de Tourny et les Chartrons, dans l'un de ces vieux hôtels particuliers divisés en appartements qui donnaient sur les pelouses et le lac du Jardin public. Sans doute, malgré son air famélique, se gorgeait-elle

158

de brioches et de chocolat chaud à la pâtisserie Jegher en riant des modestes friandises qu'il lui apportait de temps en temps pour la remplumer un peu. Conscient de s'être laissé berner pendant des années, il tint à la raccompagner lui-même chez elle, à la fois pour tenter d'élucider le mystère de son comportement et, par un reste de tendresse, pour lui éviter un retour entre les gendarmes qui eût d'ailleurs été sans doute plus désagréable pour eux que pour elle. Le trajet en voiture se fit dans un silence total.

Cours de Verdun, Léa fila dans sa chambre. Quant à Jean-Pierre Gaillac, qui rentrait tout juste du bureau, il fut abasourdi d'apprendre par la bouche d'un de ses collègues, magistrat d'un rang équivalent au sien et qu'il connaissait un peu, bien qu'il eût, lui, toujours refusé de se mêler des procès de l'épuration, à quelles activités secrètes sa pupille se livrait depuis l'âge de douze ans. Les chatteries dont la glaciale gamine avait usé pendant si longtemps pour embobiner ce vieux célibataire, qui en était encore ému au point d'implorer timidement sa clémence pour la coupable avant de s'en aller, et l'histoire de la primo-infection lui restèrent particulièrement en travers de la gorge. Deux conclusions s'imposaient : Léa était une fieffée menteuse et Bénédicte avait nécessairement aidé, sinon encouragé, son imposture. Son premier mouvement fut de convoquer les deux filles et de reprocher, à l'une son ingratitude et sa duplicité, à l'autre sa sottise et ses mensonges, en assortissant son sermon d'une punition exemplaire, en tout cas d'une interdiction de sortie, au moins jusqu'au bac. Il lui fallut un grand effort sur lui-même pour décider de les laisser mariner quelques heures dans la crainte des représailles et d'attendre le retour de sa femme.

Celle-ci marqua moins de surprise que son mari en l'écoutant raconter les exploits de Léa. Elle se tut un long moment avant d'exprimer un avis assez différent du sien.

– Tout ça est de notre faute, dit-elle. Nous n'avons pas été assez attentifs à cette enfant.

– Mais nous l'avons entourée d'affection, protesta Jean-Pierre. Nous lui avons évité tous les détails du massacre dont ses parents ont été les victimes…

– Eh bien, nous avons probablement eu tort, coupa Jacqueline. En prenant toutes ces précautions, nous l'avons sans doute forcée à les découvrir seule. Écoute, je te propose de commencer par interroger Bénédicte en l'absence de Léa. Elle a eu beau nous mener en bateau pendant des années, je ne la crois pas très douée pour le mensonge. Elle est la seule à pouvoir nous expliquer ce que nous n'avons pas su voir. Et puis, après le scandale que Léa vient de provoquer, autant la laisser se calmer avant de lui parler. La conversation sera moins difficile.

Bénédicte comparut tête basse et fondit en larmes dès la première question, pourtant posée avec tendresse. Sa mère, à juste titre, attribua ces pleurs au soulagement plus encore qu'au remords. Sa fille devait s'être fait de terribles soucis pour Léa et, si elle avait couvert ses incartades, ce ne pouvait être qu'à la

160

suite d'erreurs de jugement dont, avec l'âge, elle avait sans doute pris conscience sans parvenir à y mettre un terme. C'était un poids très lourd à porter que cette angoisse permanente.

– Pourquoi ne nous as-tu jamais rien dit ? demanda-t-elle.

Bénédicte releva des yeux pâlis au point d'en avoir presque perdu toute couleur.

– J'avais juré, balbutia-t-elle. (Et elle ajouta, comme si cette excuse enfantine était la seule à invoquer pour expliquer son comportement :) Nous avions échangé nos sangs.

– Mais ce sont des sottises de gosses ! s'exclama son père. Léa était en danger. Pour s'être comportée comme elle l'a fait, il faut qu'elle soit malade. Tu nous a empêchés de nous en rendre compte, et donc de la soigner. Tu mesures la gravité de tes actes ? Et puis, tant que nous y sommes, il vaut mieux tout nous avouer. Elle n'a sûrement pas fait que ça. Est-ce qu'il y a eu d'autres bizarreries chez elle, que tu nous aurais cachées ?

– Eh bien, elle me fait peur quelquefois. Il lui arrive de se griffer le visage. Quand vous vous en êtes aperçus, on vous a dit qu'elle avait été attaquée par un chat. Elle passe des heures cachée sous son lit ou sous sa table. Un jour…

– Un jour ? encouragea sa mère.

Un jour, elle s'est assise sur le rebord de la fenêtre, les jambes à l'extérieur, et elle y est restée longtemps. Elle était très pâle. Elle ne disait rien. J'ai eu beaucoup de mal à la persuader de descendre.

– C'est tout ?

– Elle a avalé un tube d'aspirine, il y a un an. Mais elle n'a même pas été malade.

– Enfin, Bénédicte ! éclata Jean-Pierre. Tu as dix-huit ans maintenant ! Même si l'on peut admettre que tu aies cédé à Léa quand vous étiez enfants, tu dois savoir que quelque chose ne tourne pas rond chez elle. Comment as-tu pu nous le cacher ?

Bénédicte se remit à pleurer.

– Elle était si gaie quand elle était petite, dit-elle lorsqu'elle eut retrouvé l'usage de la parole. Si drôle. Si potelée. Si rose. Si sûre que ses parents allaient revenir. Quand vous l'avez connue, elle était déjà changée. Et ensuite elle a commencé à désespérer. Non, je ne pouvais pas la trahir.

– Mais qu'est-ce qui a bien pu la désespérer à ce point ? s'enquit sa mère.

Bénédicte hésita.

– Je crois que ce sont les images.

– Les images ?

– Léa collectionne les journaux qui parlent des camps. Il y en a plein les tiroirs de notre commode. Ce sont des revues de 46, 47... avec des photos affreuses.

Ce fut au tour des adultes de pâlir. Ils pensaient n'imaginer que trop bien l'effet de ces photos sur une Léa de neuf ou dix ans. Ils se trompaient encore.

– Elle ne m'en parle plus, reprit Bénédicte. Mais un jour elle m'a dit quelque chose, que je n'ai jamais oublié. Elle m'a dit que tous ces ossements déversés

162

comme ça, dans ces fosses, n'avaient rien d'humain. Et que par conséquent elle non plus, dont le corps aurait dû s'y trouver, n'était pas humaine.

– Bon, dit lentement Jean-Pierre après un long silence. Si je te comprends bien, elle sait tout. Elle a lu les journaux, sans doute écouté la radio, vu des documentaires au cinéma, peut-être. Elle a suivi tous ces procès, entendu ces collabos se justifier avec cynisme. Et elle en a tiré des conclusions qui l'empêchent de vivre. Ne pleure plus, Bénédicte. Rien de tout cela n'est de ta faute. Léa était si froide, si polie, tellement irréprochable. J'avoue que je la croyais peu sensible. Je pensais qu'elle avait oublié ses parents, ou du moins que leur souvenir ne la hantait pas. Ta mère m'a souvent mis en garde. Je ne l'ai pas écoutée. Va chercher Léa. Et sois tranquille. Nous ne la gronderons pas.

L'absence de Bénédicte dura un long moment. Sans doute avouait-elle qu'elle avait violé son serment. Elle finit par réapparaître, traînant son amie, blême, les lèvres serrées, et qui n'avait même pas changé sa robe déchirée.

– Léa, dit Jacqueline avec le plus de douceur possible, nous avons des excuses à te faire.

Le regard haineux vacilla de surprise.

– Nous avons cru pendant toutes ces années que tu ne pensais plus à tes parents, qu'ils ne te manquaient pas, que tu ignorais leur sort. Tu les aimes encore beaucoup, n'est-ce pas ?

– Je les déteste, au contraire, cria Léa avant d'éclater à son tour en sanglots.

– Tu les détestes ? Mais pourquoi ?

– Parce qu'ils m'ont abandonnée.

– Calme-toi. Assieds-toi. Tu ne peux pas dire ça, voyons. Ils t'ont sauvée. Tu ne mesures pas la somme d'amour qu'il leur a fallue pour se séparer de toi et te confier à une inconnue.

Léa eut un réflexe de bête traquée. Tout son corps se révulsa et se tourna de lui-même vers la porte. Bénédicte lui entoura les épaules de ses bras et la conduisit vers un grand fauteuil dans lequel elle l'assit. Elle se posta derrière, les deux mains sur le dossier, et se pencha, touchant du front les cheveux de son amie.

– Essaie de parler, murmura-t-elle. On ne peut pas continuer comme ça, tu sais bien. On n'est plus des enfants. Le sang échangé, les alphabets secrets, Éric et Christian, c'est fini depuis longtemps. On doit tourner la page. Affronter. Expliquer.

Les yeux de Léa lui mangeaient la figure. Elle eut un grand frisson et se lécha les lèvres.

– Ils n'ont eu aucune lucidité, aucun courage, finit-elle par articuler avec difficulté. Ils avaient de l'argent. Ils auraient pu quitter le pays à temps, partir en Amérique.

– Ce n'était pas si facile.

– D'autres l'ont fait. Mais non, ils avaient confiance en la France, j'imagine.

– Léa, pendant la guerre, la France n'était pas entièrement peuplée de salauds.

– Il y avait vous, bien sûr, et les autres résistants, et les lycéens de Montaigne dont Bénédicte me rebat les

164

oreilles. Mais, si je vous le demandais, est-ce que vous oseriez me soutenir que toute cette bravoure avait pour but de sauver les gens comme mes parents ?

Jean-Pierre et Jacqueline se regardèrent. Léa avait encore une fois touché juste.

– Nous ne savions pas, Léa. Presque personne ne savait. Nous n'avons su qu'en 45, lorsque les camps ont été libérés. Des bruits couraient, je l'avoue, mais nous n'imaginions pas l'ampleur du désastre ni ses circonstances. Tu as raison, nous nous sommes battus pour sauver l'honneur, pour libérer la France, plus que pour protéger les Juifs. Mais nous nous sommes battus. Et nous n'avons pas été les seuls à courir des risques. Pense aux bonnes sœurs qui vous ont cachées toutes les deux, par exemple.

– Oh, elles étaient inconscientes, rétorqua durement Léa. Elles pensaient sans doute qu'on ne fusillerait jamais des religieuses.

– Détrompe-toi. Un grand nombre d'entre elles ont été arrêtées et abattues ou déportées, des prêtres aussi. Elles ne pouvaient pas l'ignorer. Écoute, nous ne te convaincrons pas ce soir. L'essentiel est que vous soyez, l'une et l'autre, déchargées de votre fardeau. Celui que tu as imposé à Bénédicte était aussi bien lourd, même s'il ne se compare pas au tien. Tu en as conscience ?

L'armure de Léa se fissura encore.

– Je suis désolée d'avoir forcé Bénédicte à vous mentir, à signer de faux certificats de maladie, à falsifier mes carnets de correspondance. J'espère que vous lui avez pardonné.

Mais, fidèle à elle-même, elle ne put s'empêcher d'ajouter :

– C'est la seule chose que je regrette.

On était en mai. Autant la déflagration et sa catharsis allaient avoir des échos bénéfiques chez les Gaillac, autant il paraissait clair que le scandale du tribunal ne passerait pas inaperçu dans la bonne société bordelaise et que ses répercussions en seraient néfastes pour les deux filles. Le premier problème qui se posait était celui du lycée. La seconde partie du baccalauréat approchait. Il fallait de toute urgence apaiser le proviseur de Mondenard, qui n'apprécierait certainement pas d'avoir été dupée. Les quatre protagonistes prirent rendez-vous avec elle. Sa réponse fut carrée. Léa et Bénédicte étaient les deux meilleures élèves des classes de philosophie. Elles avaient toutes les chances d'obtenir leur diplôme avec mention « très bien », ce qui serait du meilleur effet dans les statistiques de l'établissement. Par conséquent, elles étaient autorisées à suivre les cours jusqu'en juillet. Après quoi, quel que fût le résultat de l'examen, elles pouvaient se considérer comme renvoyées.

Les filles la déçurent beaucoup en ne décrochant qu'une mention « bien ». Ce résultat suffirait toutefois pour assurer leur admission en Lettres supérieures au lycée Fénelon, à Paris, solution à laquelle les Gaillac avaient fini par aboutir après de longues cogitations et nombre de discussions nocturnes avec Bénédicte et Léa, qui, pour la première fois depuis qu'ils en avaient la charge, semblait leur parler sans trop de réticences.

Rester à Bordeaux était impensable. Ni elles ni les parents ne pouvaient plus sortir sans que les vieilles filles attablées chez Jegher ou Darricau ne plongent dans leur crème Chantilly en lorgnant de leur côté avec des airs de rapaces gavés. Voilà, my dear Jenny, chuchotaient-elles, plus snobs que jamais sous leurs bouclettes à l'anglaise, à quoi menait l'imprudence d'un couple pourtant bien né qui recueillait une gamine dont personne ne savait d'où elle sortait, sinon qu'il s'agissait à coup sûr d'un ghetto d'Europe centrale où renaissaient sempiternellement les problèmes qui empêchaient les bons Français de s'entendre entre eux. Voilà surtout, dear Maggy, à quelles turpitudes conduisaient des flirts trop poussés avec un Parti communiste qui, sous prétexte d'avoir eu pendant la guerre soixante-quinze mille fusillés, s'arrogeait encore le quart des suffrages bordelais et empêchait la ville de retrouver sa prospère sérénité d'antan. C'était tout juste si l'on ne reprochait pas aux Gaillac et à leur pupille le grand incendie de 1949 qui avait ravagé les Landes et menacé les faubourgs, les doryphores qui, malgré la défaite des Allemands, persistaient à envahir les champs de pommes de terre, la myxomatose qui tuait les lapins sans laisser aux chasseurs le plaisir de les abattre eux-mêmes, l'épidémie de fièvre aphteuse qui décimait les troupeaux, les problèmes de communication avec les Antilles qui rendaient difficile l'approvisionnement en rhum des chais, sur les quais des Chartrons rénovés à grands frais, et le phylloxéra dont les crus du Médoc avaient tant souffert. En mars,

167

Staline était mort, ce qui avait été vécu comme une consolation partielle. En juin, les Rosenberg furent électrocutés, ce qui consolida définitivement chez les anciens pétainistes convertis au gaulliste Chaban-Delmas l'assurance d'avoir eu, dès le début, quelque part raison.

On n'en sabla pas moins le champagne, à Saint-Palais, fin juillet, pour fêter le bac des deux filles. L'été fut très doux, dans la vieille villa tarabiscotée dont ce devait être la dernière saison car ses balcons impro-bables, ses corniches chancelantes, ses pignons déje-tés étaient promis à la démolition. La région renaissait peu à peu de ses cendres. Les souvenirs des combats disparaissaient un à un et seuls les blockhaus indes-tructibles montraient encore leur mufle au sommet des dunes ou affleuraient sur le sable qui se refusait à les ensevelir. Léa restait taciturne mais n'était plus muette et les Gaillac se prenaient à espérer pour elle une guérison. Il leur semblait qu'après tant d'années elle commençait à accepter de se considérer comme un membre, fût-il lointain, de la famille. Ils voulaient en profiter le plus possible et ne quittèrent pratique-ment pas leurs têtes brûlées d'adolescentes pendant ces trois mois.

En août, la France entière fut paralysée par les grèves. Plus personne ne pouvait sortir de Saint-Palais ni s'y rendre, faute de trains ou d'essence. Dans la petite station balnéaire où les magasins fermaient les uns après les autres et où l'on s'éclairait le soir à la bougie, chacun paraissait condamné à refaire pour l'éternité, de plus en plus lentement, les mêmes gestes. Une enclave s'était creusée dans le temps. Parents et enfants ressortirent les vieilles bécanes rouillées et firent, en shorts et chemisettes sur des maillots de bain perpétuellement humides, de longues balades. Ils allaient se baigner et jouer au ballon à l'écart des estivants, là où l'immense plage de la Grande Côte s'ouvrait sur l'océan pour eux seuls. Ils s'enfonçaient sous les chênes verts qui ombrageaient les sentiers forestiers, dans la forêt de La Palmyre, et pique-niquaient au soleil, sur un tapis d'aiguilles de pin, ou poussaient jusqu'à La Tremblade pour dévorer des assiettes d'huîtres et d'énormes tartines de beurre salé arrosées de vin blanc au bord même des bassins. Ils prenaient le bac pour l'île d'Oléron, seul moyen de transport en commun qui fonctionnât encore, et leurs vélos poussifs cahotaient sur les chemins bordés de mimosas et de lauriers-roses. Parfois, ils descendaient vers les conches de Saint-Georges-de-Didonne ou de Meschers et passaient des après-midi entiers à lire en se gavant de crevettes tièdes achetées aux marchands ambulants, sur le port.

Le soir, ils regagnaient la vieille villa condamnée et prenaient l'apéritif dans le jardin, sur les chaises longues. Les adultes parlaient politique : le gouvernement Laniel, cette dictature à tête de bœuf, comme disait Mauriac, serait bien obligé de céder devant la colère des grévistes, Pierre Mendès France prendrait le pouvoir, il sortirait le pays du guêpier indochinois, apaiserait la situation au Maroc, reconnaîtrait le droit des peuples à se déterminer eux-mêmes. La Justice triompherait, comme elle finissait toujours par le faire quand on se battait pour elle. Léa et Bénédicte écoutaient, la première avec une distance dubitative, la seconde avec enthousiasme.

Le ciel s'assombrissait, les étoiles commençaient à poindre, une petite brise frisquette soufflait de la mer, agitait les branches des pins parasols, avivait les odeurs d'embruns et les parfums des fleurs. Des chauves-souris zigzaguaient entre les arbres. La conversation s'alanguissait. Dans les silences, on entendait craquer une poutre fendue, ou bien un moellon se détachait d'un mur et chutait dans la terre meuble d'une plate-bande. On soupirait et l'on rentrait dîner, mais jamais sans que l'un ou l'autre des deux adultes, songeant, un peu nostalgique, à sa propre jeunesse, n'eût évoqué avec confiance l'avenir souriant et studieux promis aux deux filles, dès octobre prochain, au Quartier latin.

Chapitre 10

– Vous êtes juive, alors, mademoiselle?

– Non, répondit froidement Léa.

Le visage noir qui la contemplait avec bienveillance s'arrondit de surprise.

– Vous vous appelez Lévy et vous n'êtes pas juive?

– Non.

La main qui venait de bourrer la pipe et la portait à la bouche charnue retomba. C'était bien la peine d'engager enfin la conversation avec cette gamine maigrichonne qui rêvassait, toute seule dans son coin, devant un livre ouvert, en faisant tourner sa cuillère dans une tasse à café vide. Décidément, ces Français restaient incompréhensibles pour un Américain. Il s'intéressait à elle depuis quelques semaines, en bon romancier qu'il était. Frileusement engoncée, par tous les temps, dans un gros chandail noir qui l'enveloppait jusqu'à mi-cuisses, sa jupe grise lui battant les mollets, les bas souvent filés, elle ne payait pas de mine avec son petit visage creux au teint pâle dévoré par une masse de cheveux frisés. Il lui avait adressé la parole pour en savoir un peu plus sur elle et aussi par gentillesse, parce qu'elle semblait si seule et si perdue en l'absence de l'amie qui l'accompagnait toujours ou finissait inéluctablement par la rejoindre. Ces deux-là donnaient l'impression de passer leur vie au bistrot, à papoter sans cesse. Elles paraissaient n'avoir jamais aucun mal à trouver un sujet de conversation, comme si elles se revoyaient après une séparation de plusieurs années, alors qu'elles habitaient ensemble, dans un appartement de ce même immeuble, il le savait par la patronne. La gamine avait levé vers lui son regard sombre, tourné vers le dedans, comme occulté par une pellicule opaque qui l'aurait rendue aveugle aux autres, elle avait décliné poliment son identité en réponse à sa question, et voilà qu'elle coupait court à toute tentative de dialogue en lui lançant à la figure ce mensonge flagrant, cette dénégation stupide. Par lâcheté ? Par sottise ? Par crainte d'une remarque antisémite dix ans ou presque après la fin de la guerre ?

L'entrée de sa copine lui épargna d'avoir à expliquer qu'on ne pouvait guère le soupçonner d'antisémitisme, lui, le nègre que le Ku Klux Klan aurait lynché de si bon cœur et que le maccarthysme chassait de son pays. Cette fille-là avait l'air bien plus épanouie et plus saine que sa cadette, avec son joli teint d'Anglaise sous des cheveux noirs coupés court et ses grands yeux bleus qui vous contemplaient affectueusement, comme si elle n'avait même pas besoin de vous connaître pour vous aimer. Et puis elle ne cachait pas ses hanches et ses seins sous un uniforme d'existentialiste attardée. Il lui rendit son sourire et haussa les sourcils en direction de Léa, avec une mimique d'incompréhension amusée.

Bénédicte creusa le ventre pour se glisser entre le rebord en formica brun de la table et la banquette de moleskine rouge déchirée. Ses fesses bien dessinées sous une jupe en lainage écossais, serrée à la taille par une large ceinture en vernis noir qui les avantageait encore, s'attardèrent un instant à portée de main de l'Américain qui soupira et se replongea dans son journal. Elle s'assit et, d'un geste vif, rabattit la couverture du livre ouvert à côté de la tasse de café.

— Ah, tu lis Sartre. *Réflexions sur la question juive*. C'est intéressant?

Léa hocha la tête.

— Instructif. Je commence à comprendre pourquoi les goys n'ont pas laissé la solution finale se poursuivre jusqu'au bout. C'est parce que l'antisémite a un besoin vital du Juif pour justifier ses propres échecs. S'il ne l'avait pas, il serait obligé de s'en prendre à lui-même ou à ses semblables. Ça flanquerait la révolution partout.

— Au fait, tu es allée voir l'Union des étudiants israélites, comme tu le voulais?

— Non. Sartre dit aussi qu'on n'est juif que par le regard de l'Autre et qu'on peut parfaitement décider de ne pas l'être. J'ai décidé que je ne l'étais pas.

L'écrivain, qui tendait l'oreille derrière le rempart de son journal, ne put retenir un deuxième sourire. Quand cette gosse en arriverait aux dernières pages de

173

son livre, elle y découvrirait une citation de lui, qu'elle ne lui attribuerait d'ailleurs pas puisqu'elle ne connaissait pas son nom : « Il n'y a pas de problème noir aux États-Unis. Il n'y a qu'un problème blanc. »

– Alors tu viens t'inscrire aux Jeunesses communistes avec moi ?

– Oh, si tu veux.

– Ça n'a pas l'air de t'emballer.

– Si si. Je me dis simplement que tes communistes feraient mieux de balayer devant leur porte avant de faire la leçon aux autres. Tu n'as pas lu Kravtchenko ?

– C'est un coup monté, tout le monde le dit, même ton cher Sartre.

– Ça existe quand même, les camps de concentration soviétiques, non ? Ils ne te gênent pas ? Enfin, si ça t'amuse de défiler en criant « US go home ! », moi, je te suis.

– On ne fait pas d'omelette sans casser des œufs, répliqua sentencieusement Bénédicte.

D'un ongle méticuleux, elle déchira le coin d'un paquet de gauloises qu'elle retourna et tapota du doigt pour en extraire une cigarette. Elle l'examina avant de l'allumer avec son Silvermatch gainé de faux lézard et en extirpa une bûche, qu'elle déposa dans le cendrier déjà plein. Puis elle inhala profondément, se laissa aller contre le dossier et contempla le bistrot rempli dès dix heures du matin de gens qui n'en sortiraient pas avant une heure avancée de la nuit. Près de l'entrée, à côté du flipper, les vieux joueurs de poker et de 421, qui empilaient leurs tas d'allumettes sur leur tapis vert déroulé ou alignaient leurs jetons multico-lores sur le plateau rond décoré de publicités Dubon-net. Un peu plus loin, un jeune homme à lunettes, penché à s'y noyer sur un océan de feuillets couverts d'une petite écriture serrée. En face, derrière le zinc, le garçon en tablier, mollement occupé à essuyer les verres sous la rangée de bouteilles retournées. Bien droite sur sa chaise, dans le coin tabac, la patronne, corpulente personne à l'abondante chevelure noire ramassée en un gros chignon. Face à l'entrée, l'Amé-ricain, qui attendait ses compatriotes. Tout au fond, personne : on n'allait s'asseoir à ces tables-là que lorsqu'on avait des secrets à se dire ou qu'on était amoureux et qu'on ne pouvait pas attendre plus long-temps pour s'embrasser. Elles étaient trop proches des portes battantes qui donnaient sur les toilettes à la turque et d'où s'échappaient, à chaque entrée ou sortie, de forts effluves. Hormis ces tables de passage, chaque groupe – joueurs, intellectuels, écrivains et musiciens noirs – avait sa place immuable au café Le Tournon.

Bénédicte demanda un crème et une tartine beurrée. Arnold, le berger allemand de la patronne, s'approcha avec espoir. Léa lui allongea, comme d'habitude, un coup de pied sous la table. Il recula de quelques centi-mètres, assis sur son postérieur, sans cesser de guetter les morceaux de sucre posés sur la soucoupe. Cet animal borné, que tout le monde câlinait pour s'atti-rer, en cas de dèche, les faveurs de sa maîtresse, ne se faisait décidément pas à l'idée que quelqu'un pût le détester. Il leva le museau d'un air qu'il croyait attendrissant vers la fresque hideuse, sans doute peinte à contrecœur par un artiste fauché pour rembourser sa dette, qui étalait sur un mur entier les pelouses verdâtres et les allées jaunasses du Luxembourg tout proche, avec ses statues, ses vasques, ses fontaines jaillissantes et ses couples enlacés.

L'existence de ce troquet, situé à deux pas du Sénat, expliquait que le séjour à Paris de Léa et Bénédicte ne fût pas aussi studieux que prévu. En en constatant la présence au rez-de-chaussée de l'immeuble où elles allaient loger, chez une vieille cousine qui disposait de deux chambres et ne demandait qu'à les louer, Jean-Pierre Gaillac avait tiqué, au grand amusement de son épouse qui s'était empressée de lui rappeler ses propres erreurs de jeunesse : n'était-ce pas dans un bistrot proche du Panthéon, où il vilipendait la bourgeoisie française en alignant les harangues enfiévrées au lieu de fréquenter la faculté de droit, qu'ils avaient fait connaissance ? Et puis, il fallait arracher Léa au cycle infernal de ses obsessions. Ils ne se séparaient provisoirement d'elle et de Bénédicte que dans ce but. Cela ne valait-il pas la peine de courir quelque risque ? Il ne s'était pas montré sensible à son argument mais la proximité du jardin l'avait un peu rassuré. Les filles préféreraient sûrement s'emplir les poumons de bon air frais que de l'épaisse fumée dont l'établissement semblait envahi de jour comme de nuit. D'ailleurs leurs études ne leur laisseraient guère le temps de traîner dans un café. A midi, elles déjeuneraient à la cantine du lycée. Le soir, leur logeuse leur prêterait sa cuisine. Pour les vacances, elles retourneraient évidemment à Bordeaux.

Le début de l'année scolaire 53-54 lui donna raison. Léa et Bénédicte abordèrent Paris avec les précautions d'un chat qui tourne autour de sa soucoupe et en goûte le contenu à petits coups de langue prudents. Le lycée Fénelon, aux murs encrassés, leur parut moins avenant que la façade en pierre dorée de Mondenard, avec ses hautes fenêtres encadrées de brique rose qui ouvraient sur les terrasses fleuries des échoppes bordelaises. Et puis leurs nouvelles camarades, des provinciales comme elles pour la plupart, avaient des têtes de fortes-en-thème arrivées là à force de nuits blanches et de leçons particulières, et bien décidées à devenir au plus tôt sévriennes. Le discours en latin concocté par les deux filles qu'à l'occasion du bizutage rituel l'aînée déclama de bonne grâce, enroulée dans un drap, tandis que la plus jeune, juchée sur un poêle, lui brandissait au-dessus de la tête une couronne de laurier en papier doré, ne leur valut que des commentaires dédaigneux. Le premier thème grec qu'elles bâclèrent avec leur désinvolture habituelle récolta un « – 40 » dès la dixième ligne (le reste n'était même pas corrigé) et leur prouva que les professeurs ne badinaient pas davantage. Les deux concours blancs qui, l'un dès Noël, l'autre à Pâques, décideraient du passage en khâgne bouchaient l'horizon, et, dans le champ clos ainsi délimité, les élèves ne pensaient qu'à mesurer leurs forces respectives et à s'éliminer réciproquement. Les khâgneuses méprisaient leurs cadettes. Dans leurs rangs, les cubes méprisaient les carrées. Le *Vara tibi cagna*, l'hymne de potaches que l'on n'aurait pas le droit de chanter avant l'année suivante, si toutefois l'on figurait parmi les gagneuses, et son folklore associé ne méritaient guère que l'on se donnât tant de mal pour écraser les autres. Ce climat de compétition effrénée choquait les idées égalitaires de Bénédicte et déclenchait les commentaires sarcastiques de Léa, qui se demandait à voix haute comment l'on pouvait être si infantile à près de vingt ans. La perspective, d'ailleurs improbable, d'intégrer un jour l'École et de se retrouver dans un internat de filles aussi antipathiques, en définitive, que les petites paysannes radines du pensionnat bordelais n'avait rien qui pût compenser trois ans au moins de travaux forcés.

Ce fut donc seulement pendant les deux premiers trimestres que Léa et Bénédicte réglèrent chaque jour de semaine leur réveil à sept heures, descendirent la rue de Tournon, traversèrent le boulevard Saint-Germain et empruntèrent la rue de l'Éperon pour suivre à Fénelon les cours d'hypokhâgne. Il leur arrivait au retour de faire un crochet par le Boul'Mich et de regarder avec envie les affiches des cinémas ou, encadrant le vénérable Panthéon, les terrasses accueillantes du Capoulade et du Maheu. Mais Bénédicte avait charge d'âme et elle était, cette fois, bien décidée à assumer ses responsabilités avec plus de rigueur et de maturité que par le passé. Elle se deman-

178

dait encore, non sans effarement, comment elle avait pu mentir pendant si longtemps à des parents pleins de confiance et faire preuve d'un tel infantilisme dans ses rapports avec son amie. En passant à Saint-Sulpice, devant les vitrines de la librairie Alsatia qui affichait les couvertures agrandies des « Signes de piste » devenus nombreux, elle avait trouvé à Éric et Christian de vraies dégaines de nazis issus tout droit des Jeunesses hitlériennes. Elle l'avait fait remarquer à Léa qui, toujours dans la lune, ne les avait même pas reconnus.

Mais, un soir du troisième trimestre, l'idée de regagner l'appartement obscur de la vieille logeuse et de hurler comme tous les jours dans la main tremblante, enroulée en cornet autour de l'oreille, que oui, tout allait bien au lycée, et que non, elles ne manquaient de rien, avant de se pencher sur les *Entretiens* de Malebranche, sujet de la prochaine dissertation, lui donna le cafard. « Si on entrait prendre un café avant de monter travailler ? », suggéra-t-elle devant la porte du Tournon, maintenue grande ouverte pour y laisser souffler la fraîche brise printanière. La sciure répandue sur le carrelage crissa sous leurs chaussures. La table de coin, dans le fond à gauche, se libéra par miracle dès leur arrivée. Elles s'y installèrent sans savoir que ce serait là leur résidence principale pendant les deux prochaines années et que tout le monde leur reconnaîtrait tacitement un droit de propriété sur elle. L'atmosphère chaleureuse du bistrot, les conversations politiques dont elles attrapaient des bribes sans oser s'y mêler, la présence des Noirs qui ne semblaient d'accord sur rien, s'invectivaient et s'excluaient sans cesse, et semblaient tout aussi disposés à entonner *We shall overcome* en brandissant le poing qu'à repousser les tables pour danser un boogie-woogie d'anthologie, tout cela ravit aussitôt Bénédicte. Voilà où était la vraie vie ! Au milieu de ces gens qui discutaient ferme en s'arrachant les pages de *France-Observateur* et de *L'Express*, pas dans un lycée où des professeurs d'un autre temps ignoraient qu'il existât des philosophes postérieurs à Bergson et martelaient l'ablatif absolu dans des têtes d'ambitieuses vieillies avant l'âge ! Les deux filles n'eurent pas besoin de se consulter pour que la visite exceptionnelle de ce soir-là devînt quotidienne. Le lendemain, il leur suffit d'un seul coup d'œil pour entrer dans l'établissement, acheter à la patronne leur premier paquet de gauloises et prendre possession de la table de coin, qui les attendait. Au reste, la classe d'hypokhâgne présentait un avantage : le niveau des études y était si élevé par rapport à celui d'une première année de Sorbonne qu'il suffisait de se présenter à propédeutique pour être sûr de la décrocher, avec mention qui plus est. Ce qu'elles firent, en se disant à juste titre qu'il serait plus facile, le diplôme en main, d'expliquer aux parents, pendant les prochaines vacances, que Normale supérieure pouvait se passer d'elles et réciproquement.

Cette fois encore, à Bordeaux, chez les Gaillac, la discussion fut vive. Certes, Léa et Bénédicte arboraient des mines de papier mâché, du moins de l'avis de Jean-Pierre, qui fit très vite avouer à sa fille la composition de leurs repas quotidiens, plus riches en hot dogs qu'en biftecks. Mais il n'y avait là rien qu'un régime à base de lait mendésiste, de bonne viande rouge et de légumes verts ne pût rapidement guérir. Par bonheur, le temps des restrictions était loin. Certes aussi, elles fumaient, et la première gauloise allumée à la fin du dîner avait fait son petit effet. Mais l'aînée allait sur ses dix-neuf ans, la cadette venait d'en avoir dix-sept, des parents grands fumeurs l'un et l'autre ne pouvaient guère y trouver à redire. Quant au souhait d'abandonner la khâgne pour s'inscrire en Sorbonne et y entamer une licence de lettres, c'était, en revanche, un sujet qui méritait réflexion. Les filles n'exagéraient-elles pas quelque peu en présentant la Première supérieure comme une maison de redressement et Sèvres comme un bagne ? L'École n'était-elle pas l'un de ces lieux où souffle l'esprit et l'exemple d'une normalienne telle que Simone de Beauvoir ne suffisait-il pas à leur insuffler du courage ?

Jacqueline Gaillac se taisait. Elle comprenait bien, elle, qu'au bout de tant d'années un lycée, fût-il parisien, pût faire figure de prison. Elle soupçonnait aussi, en couvant des yeux sa fille qui discourait, la cigarette bien droite entre ses doigts effilés, que la perspective d'en passer encore deux ou trois autres dans un internat féminin, même égayé par les visites clandestines des garçons de la rue d'Ulm, manquait singulièrement d'attrait. Jean-Pierre devait pressentir, lui aussi, qu'il y avait garçons sous roche car il se défendait comme un beau diable en regardant avec une sorte de stupeur Bénédicte, dont les cils lui paraissaient épaissis, les lèvres rougies, et dont les seins pointaient sous le tissu ajusté de sa robe alors même que trois mois encore auparavant elle n'avait à s'enorgueillir que de deux œufs sur le plat. La conversation dura si longtemps qu'il alla chercher une bouteille de cognac et s'en servit un verre. D'un même mouvement, les deux filles tendirent les leurs. Il leur en versa une larme qu'elles sifflèrent avec un naturel inquiétant.

– Et puis, vous comprenez, dit Léa dont les joues pâles rosissaient un peu sous l'effet de l'alcool, faire du grec, du latin, étudier des philosophes dont le plus jeune est mort il y a vingt ans, ça ne peut pas nous suffire à une époque où il se passe tant de choses. Que la guerre d'Indochine se termine grâce à Mendès France, comme vous l'espériez l'année dernière, c'est bien. Mais il y a le Maroc, l'Algérie, les injustices sociales tout près de nous. Regardez ce curé, l'abbé Pierre, qui a lancé son appel en février dernier, pour les sans-logis. Pas question de livrer les pauvres à la seule charité catholique. Bénédicte et moi, nous voulons militer. Nous nous sommes inscrites aux Jeunesses communistes, ajouta-t-elle avec élan.

Bénédicte lui lança un regard de côté. Tant de culot mêlé de ruse la sidérait toujours mais, cette fois, Léa les mettait au service d'une bonne cause. Quant à son père, il se disait en tiraillant sa barbe récente qu'il n'avait jamais entendu dans la bouche de la petite une tirade si longue et qui ne portait pas sur son problème personnel. Ainsi, Léa s'ouvrait aux autres, se politisait. Elle reconnaissait peut-être enfin que le monde entier n'était pas mort avec les Juifs d'Auschwitz, que la guerre était finie depuis dix ans mais que d'autres menaçaient, que l'on venait d'ailleurs d'en frôler une et qu'il fallait lutter sans trêve pour en épargner les horreurs à son prochain et à soi-même. Dans ce cas, ils seraient parvenus à la guérir, ils auraient gagné leur pari.

Il interrogea sa femme des yeux. Elle aussi observait les deux filles. Sous le lustre de la salle à manger qui éclairait la nappe tachée et froissée, les assiettes sales et les cendriers débordant de mégots dont le nombre traduisait la longueur et la vivacité de la discussion, Bénédicte rayonnait. Encouragée par l'attitude de son père, dont elle voyait bien qu'il faiblissait, elle avait oublié toute prudence et s'était lancée dans une apologie enflammée de la vie parisienne. Elles avaient toutes deux assisté, dans la cathédrale sonore du TNP, aux spectacles mis en scène par Jean Vilar. Deux mille personnes, presque toutes d'origine populaire, des ouvriers, des employés de bureau venus grâce à leurs comités d'entreprise, ovationnant debout cette troupe qui évoluait sur un plateau désert, entre quatre arbres trimballés d'un acte à l'autre par les comédiens eux-mêmes! Un enthousiasme, une ferveur qu'il n'imaginait pas! Et un jour – il n'allait pas y croire –, en rentrant rue de Tournon, elles avaient croisé, en pantalon de velours et chandail jacquard, celui-là même qui leur était apparu la veille dans le costume blanc du prince de Hombourg ! Il habitait tout à côté ! Elle était tombée en extase à sa vue et Léa avait dû la tirer plusieurs fois par la manche pour la sortir de sa catalepsie. Et puis leur immeuble même était célèbre. L'Autrichien Joseph Roth y avait vécu. Elles côtoyaient tous les jours des cinéastes, des intellectuels issus de la Résistance, le cofondateur des Éditions de Minuit par exemple, et puis des musiciens, des écrivains noirs qui se battaient pour les droits civiques et dont l'un, un petit homme très laid, clamait sa volonté de mettre le feu à l'Amérique ! Seule une précaution de dernière minute l'empêcha de préciser où exactement elles rencontraient tous ces gens-là.

A côté de ce visage enflammé, de ces cheveux noirs luisants et de ces yeux bleus qui jetaient des étincelles, la petite figure pâle de Léa, dont la fausse excitation était vite retombée, semblait presque livide. Jacqueline Gaillac eut, en la regardant, une intuition qui l'effraya. Cette enfant au teint gris, dont la flamme du briquet creusait les orbites, lui parut soudain n'être que l'ombre portée de Bénédicte. Comme s'il lui fallait, pour dessiner son empreinte ténue sur la terre, la lumière qui irradiait de son amie. Ou même comme si elle était déjà morte, depuis bien longtemps, depuis 1945 peut-être, et que seule l'énergie de son aînée, sa force de vie, lui insufflait une existence artificielle. La phrase qu'elle avait si souvent entendue à propos de leur pupille lui revint tout à coup en mémoire : « On ne sait pas d'où elle sort. » Et, pour la première fois, Léa lui apparut avec évidence comme une étrangère dans ce décor familier où elle aurait dû occuper naturellement sa place depuis une décennie, comme une herbe chétive et folle chue de nulle part dans un jardin bien ordonné, planté de fleurs grasses aux couleurs éclatantes. Au fond, cette enfant ne savait rien d'elle-même, rien de ses origines ni de son identité. Elle n'était qu'une terre brûlée, un paysage de cendres, circonscrit dans les frontières fuyantes d'une forme humaine par la force magnétique de cet aimant que représentait pour elle Bénédicte. Une frayeur mêlée de pitié lui serra la gorge. Que lui arriverait-il lorsque le temps la séparerait de son amie, ce qu'il ne pouvait manquer de faire un jour ?

— Léa, dit-elle, interrompant sa fille embarquée dans une discussion politique passionnée avec son père qui buvait du petit lait, Léa, écoute. Est-ce vraiment une licence de lettres que tu souhaites faire ? Si tu te mettais au russe, plutôt ? J'aurais aimé que tu l'apprennes au lycée mais, à Mondenard, il n'y avait pas de professeur. Tu pourrais commencer en Sorbonne.

— Au russe ? fit Léa. Pourquoi ?

— Parce que c'est la langue de tes parents. Parce que j'ai toujours pensé qu'un jour il te viendrait le désir d'aller là-bas pour chercher à savoir s'il te reste une famille, et que cela devient possible puisque le spectre d'une nouvelle guerre s'éloigne.

— Je n'ai rien à voir avec les Russes, répondit Léa. Ma famille, c'est Bénédicte. Bénédicte et vous, bien sûr.

– L'un n'empêche pas l'autre. Tu n'as jamais senti d'attirance pour cette littérature, pour cette culture-là ?

– Jamais, non. Dostoïevski m'exaspère et Tolstoï m'ennuie. Je n'ai rien à voir avec eux, répéta-t-elle.

– Elle n'est pas russe et elle a décidé aussi qu'elle n'était pas juive, coupa gaiement Bénédicte. Au fond, c'est tant mieux. L'idée de nation est une idée réactionnaire, vous nous l'avez répété cent fois. La révolution sera internationale ou ne sera pas. Elle sera plus facile à faire avec quelqu'un sur qui ne pèsent ni patrie ni religion, ajouta-t-elle en enlaçant affectueusement les épaules de Léa. Un elfe, un pur esprit, sans dieu ni maître, qui m'arrachera aux tentations de l'existence quand j'y serai trop embourbée et m'aidera à m'envoler vers l'éther d'un communisme idéal !

Jean-Pierre éclata de rire. Jacqueline se força à sourire mais le visage de Léa, qui, tournée vers son amie, buvait ses paroles et semblait vouloir s'imbiber de sa clarté, reviendrait la hanter deux ans plus tard.

Chapitre 11

Bénédicte, à plat ventre sur son lit, en appui sur ses deux coudes, les pupilles à ras d'une petite glace rectangulaire placée devant elle, faisait une dernière tentative désespérée pour se poser une bande de faux cils. Elle les avait, à contrecœur, raccourcis et plus ou moins égalisés avec une paire de ciseaux minuscules, recourbés à l'aide de la pince idoine qui ressemblait à un instrument de torture, enduits de colle spéciale, et elle s'efforçait de les fixer, mais le coin extérieur persistait à rebiquer et à lui chatouiller le sourcil. En outre, elle pleurait, à force de garder les yeux écarquillés, ce qui ne facilitait pas l'opération. Le schéma paraissait pourtant si simple. Ses doigts de pied nus se crispèrent de frustration. Elle s'énervait d'autant plus que Léa, étalée dans un fauteuil et feignant de lire *L'Être et le Néant*, lui glissait par en dessous des coups d'œil sardoniques.

– Si tu changeais le disque ? lui suggéra-t-elle pour détourner son attention.

Léa tendit le bras derrière elle et replaça l'aiguille

187

sur le premier sillon de la galette en train de tourner à vide sur la platine. Le saphir usé cracha et fulmina avant de rattraper en route les accords placides de *Gare au gorille*, cent fois écouté car interdit à la radio.

Renonçant aux faux cils, faute de colle, Bénédicte enfila une vieille paire de gants pour ne pas risquer de filer avec ses ongles les bas nylon qu'elle accrocha au porte-jarretelles quelque peu fatigué avant de vérifier la position des coutures le long de ses jambes. Elle se recouvrit entièrement la tête et le visage d'une mousseline afin de ne pas tacher, avec le fond de teint foncé dont elle s'était enduite, la robe de vichy rose gonflée par son jupon raide comme du carton, qu'elle boutonna dans le dos. Elle s'était peint sur les paupières un trait épais d'eye-liner noir allongé vers les tempes qui lui donnait l'air incongru d'une Égyptienne aux yeux bleus. Elle chaussa en grimaçant des escarpins blancs à talons aiguilles. Puis elle se posa sur les épaules, sans en enfiler les manches, un cardigan, blanc lui aussi, dont elle ne boutonna que le premier bouton. Enfin, elle couronna son œuvre en nouant un foulard en pointe sous son menton.

– Comment tu me trouves? demanda-t-elle après avoir contemplé dubitativement son reflet dans la glace de l'armoire qui occupait la moitié de la petite chambre.

– Très bien, répondit Léa sans autre commentaire.

Bénédicte se rapprocha du miroir et inspecta ses paupières.

– Tu crois que je devrais en enlever un peu?

188

– Inutile. A condition de ne te déplacer que de profil, évidemment, comme sur les bas-reliefs du Louvre. Et de ne t'exprimer que par hiéroglyphes, en faisant cadeau à ton copain d'une pierre de Rosette, pour qu'il puisse te déchiffrer.

Son amie haussa les épaules mais éclata de rire.

– A propos, dit-elle en tentant de gratter le surplus d'eye-liner avec un bâtonnet de buis sans en déformer les contours, tu peux me rendre un service ?

– J'ai déjà deviné lequel.

Bénédicte, à vingt ans, tombait amoureuse tous les huit jours, le plus souvent d'un garçon inaccessible parce que trop vieux pour elle et en quête de plaisirs qu'elle ne voulait accorder à personne avant le mariage, ou bien décevant car politiquement immature, anticommuniste primaire, petit-bourgeois répugnant à s'engager ou même carrément fasciste. Elle donnait tous ses rendez-vous au Tournon mais, peu sûre d'elle, y déléguait Léa en avant-garde avec mission de remonter porteuse d'un rapport sur l'élu de la semaine. Était-il là ? Si oui, seul ou avec d'autres ? Lisait-il et, dans l'affirmative, quoi ? Comment était-il habillé ? En cravate ou col ouvert ? Que buvait-il ? Café, bière ou limonade ? Paraissait-il anxieux, jetait-il de fréquents coups d'œil vers la porte pour guetter l'arrivée de la retardataire ? Mais surtout, avait-il pris place au beau milieu du bistrot ou à l'une de ces tables du fond dont le choix laissait présager un espoir de flirt, fût-il malodorant ?

– Il n'est que six heures, dit Léa. Tu as rendez-vous

189

à sept. Ça m'étonnerait qu'il soit déjà là. Mais dis-moi, tu as l'intention de manifester dans cette tenue?

Bénédicte se frappa le front et attrapa un sac dans lequel elle fourra un pantalon, un chandail et une paire de chaussures basses.

– Tu as raison, je me changerai dans la deuche ou bien dans les toilettes du théâtre. On part directement pour Grenoble après *Mère Courage*. Tu es sûre que tu ne veux pas nous accompagner? Antoine t'aime bien, tu sais, ajouta-t-elle généreusement. Il adore discuter avec toi. Il dit que tu as le sens de l'analyse et une vigilance politique à l'épreuve de tous les mensonges impérialistes.

– Non. Tu es gentille, mais je ne veux pas rater le cours de Janké, demain, à la Sorbonne. J'ai une question à lui poser.

Avec une sollicitude experte, Bénédicte mesura d'un coup d'œil l'état d'âme de son amie. Léa allait mieux depuis quelque temps. Une lueur dansait parfois dans ce regard si noir. Elle lisait beaucoup, même s'il s'agissait rarement des œuvres recommandées par la cellule du Parti. Elle assistait aux réunions politiques, sans conviction il est vrai, et sans se priver non plus de lancer à l'occasion un pavé qui avait le temps de décrire bon nombre de cercles dans la mare avant de susciter l'invariable réplique.

« Vous descendez à Grenoble vous coucher sur les rails pour empêcher les rappelés de partir en Algérie. D'accord. Mais vous, lorsque vos sursis seront résiliés et que viendra le moment du choix entre le départ

190

et la prison, est-ce que vous savez ce que vous ferez?

— C'est le Parti qui décidera, camarade », lâchait le responsable avec lassitude.

Ou bien :

« Vous huez les flics qui viennent casser *Le Déserteur* dans les juke-box du quartier, vous vous battez à coups de chaîne de bicyclette contre les fachos, et vous pleurnichez, entre parenthèses, quand nous, les filles, nous désinfectons vos plaies glorieuses à l'eau oxygénée. Mais quand les députés communistes ont voté les pleins pouvoirs au gouvernement Guy Mollet, il y a deux mois, je ne vous ai pas entendus protester. C'est l'histoire du pacte germano-soviétique qui recommence, alors ?

— Cesse de persifler, camarade. On dirait que tu ignores tout du centralisme démocratique. Quand le Parti décide, c'est nous qui décidons, voilà tout. »

Léa n'échappait à l'exclusion que parce qu'elle portait un nom juif et qu'on savait ses parents disparus dans les camps de la mort. Elle s'en rendait parfaitement compte et donnait l'impression de vouloir éprouver jusqu'au bout l'élasticité de cette mauvaise conscience qui lui offrait une cotte de mailles protectrice. « Être alibi après avoir été bouc émissaire, je trouve ça reposant », disait-elle à Bénédicte qui levait les yeux au ciel.

En boîte, où son amie la traînait le plus souvent possible car elle adorait danser, Léa s'en tenait au rôle d'observatrice. Elle prenait racine sur un tabouret de bar, un Coca-Cola ou un gin-fizz à portée de la main, selon l'état des finances, et suivait de son regard grave les évolutions de Bénédicte qui tourbillonnait, ses cheveux noirs au vent, passait par-dessus l'épaule de son partenaire, retouchait terre avec une grâce et un sens du rythme tels qu'on se l'arrachait.

Elle-même avait vite désespéré les jeunes gens qui, claquant impatiemment des doigts tout en dévorant son amie des yeux, lui attrapaient le poignet et tentaient de l'entraîner sans même tourner la tête pour la regarder : raide comme un bout de bois, elle n'était jamais invitée deux fois. Aux remontrances de Bénédicte, qui avait cent fois essayé de lui apprendre des pas, elle répondait qu'elle n'entendait pas la musique, ce qui était vrai.

Elle contribuait, en revanche, volontiers au renflouement de leurs fonds communs, dès que ceux-ci baissaient, en l'accompagnant aux cuisines. Là, sur proposition permanente de la patronne, qui les aurait préférées entraîneuses mais les acceptait souillons, les deux filles s'employaient à reconstituer en fin de soirée les restes d'escalopes panées récupérés dans la poubelle, à les recoller au blanc d'œuf avant de les tartiner de chapelure, et à les déposer avec un large sourire sur la table des clients. Léa avait pris, une nuit, un plaisir particulier à balancer deux assiettes ainsi bricolées sur la table d'Aragon et d'Elsa Triolet que, pour des raisons connues d'elle seule, elle disait ne pas pouvoir encaisser.

Tout cela paraissait, en définitive, assez prometteur à Bénédicte, qui se réjouissait de la voir se couler ainsi dans le moule d'une existence normale. Ces progrès lui semblaient démentir les craintes de sa mère qui, paradoxalement, se multipliaient. Elle lui en parlait à chaque rencontre comme si Léa était une voiture en mauvais état dont il fallait de toute urgence réparer les avaries, dangereusement négligées depuis des années. L'énumération de ce qui, selon elle, manquait à sa pupille pour s'enraciner vraiment en terre humaine donnait le vertige : un père à qui s'opposer ou non, une mère à qui s'identifier ou non, des frères, des sœurs, des oncles, des tantes, des cousins, des grands-parents, quelqu'un au moins qui partageât avec elle des traits, des attitudes, un air de famille, et, à défaut des individus eux-mêmes, à tout le moins des souvenirs, des documents, des photos, et puis, en vrac, une maison natale, une langue, une culture, ou même un antique cimetière, allait jusqu'à dire cette femme de gauche, citant Barrès. Elle posait souvent une question bizarre, que Bénédicte oubliait constamment de relayer à Léa tant ce détail lui paraissait dénué d'intérêt. Pourquoi la petite, si heureuse à huit ans qu'on acceptât de lui couper les cheveux, les avait-elle laissé repousser deux ans plus tard et gardait-elle, malgré toutes les suggestions en sens inverse, cette tignasse frisée qui lui mangeait la figure ? Pourquoi, en effet ? Et pourquoi pas ? Elle craignait aussi que, pour sa fille, Léa ne finît par être trop pesante. Mais elle se trompait. Léa était à la fois très légère et très lourde, pensait Bénédicte, un peu comme ces grains d'anti-matière qui peuplaient les romans de science-fiction. Légère parce que l'amitié réduisait son poids à celui d'une plume. Lourde parce que sa présence évoquait tant de souvenirs, faits de chagrin et de peur. Un point, cependant, la tracassait.

– Pourquoi tu ne tombes pas amoureuse, de temps en temps, toi aussi ? demanda-t-elle le soir de l'expédition grenobloise, se risquant à poser la question qui lui brûlait les lèvres depuis plusieurs mois. Tu viens d'avoir dix-neuf ans. Tu ne vas pas passer toute ta vie le nez dans les livres. Si quelqu'un trouvait enfin grâce à tes yeux, on pourrait sortir à quatre, ça serait plus sympa, non ?

– Ça ne me dit rien, répondit Léa. Et d'ailleurs, je ne plais pas aux garçons, tu sais bien.

Le regard scrutateur de Bénédicte s'adoucit en évaluant les formes frêles de son amie.

– Il y a longtemps que je voulais t'en parler, glissa-t-elle avec tact. Tu ne crois pas que c'est parce que tu n'es pas encore formée ? Ce n'est tout de même pas normal, à ton âge.

Léa se détourna pour remettre le pick-up en marche.

– Mais si. Ta mère m'a amenée voir un médecin pour ça, tu te rappelles ? Il a dit que ça n'avait rien d'inhabituel et que ça finirait par s'arranger tout seul.

– Tu avais quatorze ans à l'époque ! Et tu n'as jamais voulu y retourner depuis. Si tu veux, je prendrai un rendez-vous pour toi.

– On verra, dit Léa. A te regarder te tordre de douleur sur ton lit tous les mois en te tenant le ventre,

194

quand tes Anglais débarquent, je me dis que c'est mieux comme ça.

Les deux filles achevaient une licence de lettres sans avoir jamais mis les pieds à la Sorbonne, ou presque, pendant la première année. Le cadre de leurs études s'inscrivait dans un triangle qui reliait le Tournon au Champollion, où elles travaillaient assidûment à rattraper leur retard dans le domaine du cinéma, et à cette boîte de la rue des Canettes où elles allaient achever leur soirée, quand le bistrot fermait. Ce n'était pas par mauvaise volonté. Dûment inscrites, à la fin de l'été 1954, elles s'étaient régulièrement rendues, les premiers jours, dans les amphithéâtres aux murs et aux plafonds surchargés de dorures poussiéreuses, dont les bancs, combles à la rentrée, se vidaient à la même saison et au même rythme que se dénudaient de leurs feuilles mortes les arbres dans le jardin du Luxembourg. Les rares étudiants qui venaient encore, au bout de quelques semaines, s'asseoir en contrebas de la chaire et tentaient de happer quelques bribes des cours lus pour la dixième année consécutive par un vieux professeur somnolent étaient des religieuses et des curés, motivés par leur sens du devoir ou par leurs supérieurs. Léa et Bénédicte comprirent vite que les polycopiés n'étaient pas faits pour les chiens, qu'on pouvait y retrouver, en échange d'une somme minime, le contenu exact des discours marmonnés par les vieillards cacochymes, ce qui laissait amplement le temps de parfaire son éducation cinématographique, de militer dans les

195

Jeunesses communistes et de passer une bonne partie de ses nuits à danser.

Si Léa, elle, fréquentait chaque semaine la Sorbonne depuis le début de cette année scolaire 55-56, c'était à la suite d'un événement que rien ne laissait prévoir. Un jour qu'elle apportait, avec beaucoup de retard, au secrétariat, un papier qui manquait à son dossier, elle entendit, en passant dans le couloir, une tempête de rires exploser derrière la porte close d'un amphi. Non seulement il s'agissait d'un bruit exotique en ces lieux, mais le panneau d'affichage précisait que se déroulait derrière cette porte un cours de morale destiné aux étudiants en philosophie. Rire à un cours de morale ! N'en croyant pas ses oreilles, Léa poussa la porte et découvrit une salle archipleine de jeunes gens dont certains, n'ayant pas trouvé place sur les bancs, étaient assis par terre contre les murs ou dans les travées. Les rires venaient de se taire, aussi brusquement qu'ils avaient éclaté. Sur l'estrade officiait, debout, un petit homme maigre au profil acéré, au nez tranchant que caressait une épaisse mèche pâle. Il tenait à la main un feuillet minuscule, pas plus grand que du papier à cigarettes, et, d'une voix essoufflée, voilée, maintenant au bord des larmes, exposait un concept qu'il appelait le Presque-rien à cette assemblée d'étudiants suspendus à ses lèvres. « Tout, chuchota-t-il, comme Léa, fascinée, s'approchait, dans un silence qui rendait parfaitement audible son verbe sourd, tout, plutôt que le malentendu ! Tout, y compris les hostilités ouvertes ! »

C'est ainsi que Léa apprit l'existence de Vladimir

Jankélévitch. Dès le lendemain, elle courut en bibliothèque se renseigner sur son œuvre. Si le *Traité des Vertus* ne la tenta pas, elle tomba sur un article intitulé « Dans l'honneur et la dignité », paru en 1948. Le philosophe n'y allait pas de main morte pour le dissiper, le malentendu, dans ce texte qui fustigeait la France vichyste, la France du « gâtisme » et de la « honte », et s'en prenait à l'équivoque qui pesait sur les procès de l'épuration : « Pas de coquin qui n'ait son alibi, pas de collaborateur qui n'ait caché son Juif dans une armoire ou procuré quelque fausse carte à un maquisard ! Il n'y a plus ni coupables ni innocents, et les procès en collaboration s'effritent comme se dissout l'évidence morale de la honte et de la trahison. »

Ce texte transporta Léa. Ainsi, quand, à onze ans, elle se croyait seule à combattre l'oubli, l'indifférence et le mensonge, à refuser de passer par profits et pertes six millions de personnes et d'acquitter leurs assassins, un adulte, au moins, partageait son intransigeance. Et pas n'importe quel adulte : un professeur à la Sorbonne ! A dater de ce jour, elle ne manqua plus un seul cours du moraliste. Il était juif, comme elle. Peut-être, en fin de compte, cela avait-il un sens. Peut-être l'explication sartrienne, qui lui avait paru si satisfaisante et si claire, était-elle un peu courte. Elle le lut, l'écouta, l'observa pendant des mois, avec sa méfiance habituelle. Pouvait-on vraiment, sans rejoindre les rangs des croyants ni ceux des sionistes, imaginer une identité juive librement consentie ? Pouvait-on aimer l'autre sans oublier ni pardonner ? Comme elle encore, il était russe. Si elle se laissait guider par lui, Dostoïevski ou Tolstoï finiraient-ils par éveiller en elle les échos d'une appartenance commune? Elle réfléchit longtemps et, enfin, prit sa décision : elle achèverait sa licence de lettres et, l'année suivante, passerait en philo, même sans Bénédicte si elle n'arrivait pas à la convaincre de l'imiter. C'était pour cela qu'elle ne l'accompagnait pas à Grenoble. Elle se proposait de coincer Janké, le lendemain, à la fin de son cours, et de lui parler.

– Tu descends? fit son amie.

Léa remonta du bistrot avec de bonnes nouvelles. Cet Antoine était décidément beau garçon. Il ressemblait un peu à Burt Lancaster. L'air plus mûr que la moyenne. Gauloises. Café. Pas de cravate. *L'Huma*. Il s'était installé au fond mais ça ne voulait pas dire grand-chose, comme le fit observer Bénédicte, puisqu'il venait au Tournon pour la première fois et n'en connaissait pas les usages.

– Je le laisse mariner pendant cinq minutes et j'y vais, dit-elle. Au fait, n'oublie pas Kaled. S'il a besoin de se planquer chez nous, il frappera à la porte. Tu te rappelles le code? Trois coups, silence, puis deux autres. Ça m'étonnerait qu'il vienne, il est censé quitter la France demain, mais si jamais ça arrive, surtout ne tarde pas à lui ouvrir. Il a les flics au cul.

Kaled appartenait au Parti communiste algérien. Les membres de la cellule se le léguaient à tour de rôle. On ignorait en quoi consistaient précisément ses activités mais on le savait serré de très près par la police et on se doutait que ses fonctions au sein du FLN le mettaient en danger de mort. Il ne serait pas le premier, en cette année 1956, à se faire abattre d'une rafale de mitraillette sans autre forme de procès, si le pire arrivait.

– Toi et tes fellaghas, soupira Léa. Laisse-les donc se débrouiller tout seuls. Un de ces quatre, on se retrouvera en taule sans même savoir pourquoi on a sacrifié notre jeunesse. Mais va en paix. Je m'en occuperai.

Son amie, qui vérifiait une dernière fois la symétrie de ses paupières dans la glace, se retourna vivement.

– Ne dis pas des horreurs pareilles. Tu ne les penses pas. On ne va pas reprendre maintenant nos éternelles discussions sur l'Algérie, ajouta-t-elle avec sérieux. Moi, je fais la part des provocations dans l'attitude que tu as au cours de nos réunions. Je voudrais quand même te préciser une chose… Si tu persistais à refuser de t'engager pour le FLN, Léa, tu te rendrais complice d'un crime. Le même, au fond, que celui des collabos à ton égard, autrefois.

Léa ne put s'empêcher de ciller.

– J'y penserai, je te le jure, dit-elle avec le sourire émerveillé qu'on ne lui voyait jamais pour personne, hormis pour Bénédicte. Je préfère simplement les incertitudes et les tâtonnements de Janké aux certitudes provisoires du PC. On en discutera à ton retour. En attendant, ne te fais pas de soucis.

– Et ne profite pas de mon absence pour aller voir *Nuit et Brouillard*.

– Promis. Je me couche tôt, pour une fois. Je passe la matinée à bouquiner au Tournon. Je vais au cours dans l'après-midi. Je rentre et j'écoute la radio. On parlera peut-être de tes exploits. Ou alors tu me les raconteras toi-même demain soir.

Bénédicte s'envola. Léa tint parole, lut plus tard que prévu, s'endormit en se demandant s'il valait mieux tenter de coincer Jankélévitch avant ou après son cours, se réveilla vers dix heures et descendit prendre son petit déjeuner au Tournon. Elle s'installa à leur place habituelle, commanda un café et des croissants, expédia à Arnold le coup de pied rituel et ouvrit son livre. Le bistrot était assoupi mais la patronne trônait déjà devant ses paquets de cigarettes, un tricot à la main, l'air plus rébarbatif encore que d'habitude. Elle avait répondu par un simple grognement au salut de Léa et aussitôt plongé le nez dans son ouvrage. Seuls le cliquetis des aiguilles et le roulement des dés qu'un joueur solitaire agitait machinalement dans un cornet se faisaient entendre dans le silence.

La porte s'ouvrit en coup de vent. Léa leva les yeux. Un habitué venait d'entrer, pressé, et faisait tinter sa monnaie sur la plaque de cuivre, à la caisse.

– Vous avez entendu la radio ? Quelle tragédie, cette petite qui meurt dans un accident de voiture, à vingt ans, dit-il en prenant ses gitanes.

Le coup d'œil involontaire de la patronne en direction de la table du coin apprit à Léa tout ce qu'il y avait à savoir. Elle ferma son livre, quitta le bistrot et remonta chez elle. Pendant quelques minutes, elle erra vaguement dans la chambre, rangea une paire de bas qui traînait, fit sauter dans sa paume la frange de faux cils abandonnée sur le lit, replaça sur son socle l'aiguille du pick-up encore posée sur le dernier sillon du disque de Brassens, qu'elle glissa dans sa pochette. Passant devant l'armoire à glace, elle s'y arrêta et, posément, s'arracha les cheveux par poignées, puis, toujours avec calme, se déchira le visage avec ses ongles. Après quoi, elle alla s'asseoir sous la table et s'y roula en boule, la tête entre les cuisses, les bras enserrant les mollets. Des heures ou des jours passèrent. Un tintement fragile, comme un crépitement de perles égrenées, puis déversées sur elle en cascade, occupait toute son attention.

A un moment, des coups qui devaient être depuis longtemps frappés à la porte forcèrent la frêle musique. Un rythme supplanta celui de la grêle qui prenait dans sa tête les dimensions d'une cataracte. Ta ta ta, ta ta. Ta ta ta, ta ta. Une voix s'insinua, insistante et fiévreuse. Elle distingua très nettement les paroles. « Bénédicte, Léa, vous êtes là? Ouvrez-moi, vite, ouvrez-moi! » Kaled. L'Algérie. La guerre. La police. Ouvrir. Complice d'un crime. Ses mains remontèrent le long de ses jambes, saisirent le rebord de la table, se crispèrent pour aider son corps à se lever, puis se plaquèrent sur ses oreilles. Elle n'entendit pas moins sur le palier un grand remue-ménage, des cris, des bruits de bagarre, des coups de feu peut-être. Mais la cascade de perles s'était changée en pluie de cendres, qui la recouvrait d'une épaisse couche grise et qui finit par étouffer tous les sons.

RÉALISATION : PAO ÉDITIONS DU SEUIL
IMPRESSION : CPI BRODARD ET TAUPIN À LA FLÈCHE
DÉPÔT LÉGAL : MARS 2011. N° 104568-2. (63248)
IMPRIMÉ EN FRANCE

Éditions Points

Le catalogue complet de nos collections est sur
Le Cercle Points, ainsi que des interviews de vos
auteurs préférés, des jeux-concours, des conseils
de lecture, des extraits en avant-première...

www.lecerclepoints.com